天命

五 木 寛 之

幻冬舎文庫

天命

天命　目次

I 天命

人が死を感じるとき

死の実感

これまで「生きること」をテーマにした本を何冊か書いてきました。そのなかで「死」についての自分の考えかたは、生きることとの関連でふれることはあっても、正面からこれを取り上げることは避けてきたような気がします。

それは関心がなかったからではありません。死をどう受け入れ、どう乗り越えなければならないかという問題は、これまでずっと私の人生のなかでも最大の、そして最終的な問題と言ってもよいものでした。

これまでの生きかたについての本のいくつかは、このテーマを考えるための道《みち》筋《すじ》であったと言っても過言《かごん》ではないのです。しかしこの問題はもっとも困難で複雑な問題でもありました。

この本では、それについて現在の私の気持ちを、あえて正直にまとめてみようと思うのです。

これまでの暮らしのなかで、これはまずい、ひょっとしたら死ぬかもしれない、と思ったことが、私には何度かありました。

新宿を歩いていたときのことです。建築現場のすぐ下の道でしたが、とつぜん轟音《ごうおん》とともに、何トンもあるような巨大な鉄骨が、私のすぐ後ろに落下してきました。

そのときはなんとなく、予感のようなものを覚えて、無意識《むいしき》に数メートル先に飛び跳《は》ねたため、命拾《いのちびろ》いしたのです。

鉄骨は、さっきまで私のいた場所に、縦《たて》に突き刺さっていました。もしその鉄骨が横にでもなって落ちてきていたら、人通りも多いところですから、何人もの死傷者が出たにちがいありません。それはいまでも思いだすたびに、胸がどきどきし、冷や汗が出ます。

現在と違い、当時は建築工事の安全基準もラフなものだったのでしょう。まさか頭の上に十メートルもある鉄骨が降ってくるなんて夢にも考えずに歩いていたのです。ほんの数メートル先に、鬼が槍《やり》でも突き刺したかのように巨大な鉄骨が直立している光景は、いまでもまざまざと目に焼きついています。

一、二メートルの違いで、自分は命を失っていたかもしれないのです。その場では、自分がたったいま命拾いしたのだという実感はありませんでした。

そのまましばらく歩いていましたが、伊勢丹《いせたん》の近くまで行くと、思わずしゃがみこんでしまい、吐きそうになりました。その夜、寝床のなかでそのときのことを思いだし、朝がたまで体が震《ふる》えてとまらなかったことをおぼえています。

またこんなこともありました。

新人作家のころ、自動車の運転に凝《こ》っていた時期があります。テストコースのバンクを時速二百キロで走ったりしていたのです。

あるとき、急なS字のコースに時速百キロ近くで進入し、車のコントロールがきかなくなったことがありました。瞬間的にカウンター・ステアをあてましたが、まったく制御《せいぎょ》できません。

そのとき、「運を天にまかせてハンドルを手放《てばな》せ」という友人のレーサーのことばが頭にひらめき、車の行くままにまかせたのは幸運だったとしか言いようがありません。

不思議《ふしぎ》なことに、S字コースをスリップしながらも抜けることができたのです。車をとめて降りたとき、二度とこんな無謀《むぼう》な運転はできないだろう、と慄然《りつぜん》としました。

また、デビューして数年目、流行作家として仕事でもっとも体を酷使《こくし》していたころにも死に直面した経験があります。現在はすでにない赤坂のホテル・ニュージャパンに缶詰になって、一睡《いっすい》もせぬまま、二日目の徹夜を迎えていた夜明けです。

とつぜん、心臓が苦しくなり、呼吸ができなくなってしまいました。ホテルの絨毯《じゅうたん》の上に海老《えび》のように体を丸めて倒れたのです。これはひょっとしたら狭心症とかいうものではないかと思いました。しかし受話器をとってフロントを呼ぶこともできず、身動きできない絶望感に苦しみながら、絨毯の上で震えていました。

いま思い返してみても、やはりストレスによる一種の狭心症的な発作《ほっさ》だったろうと思います。

数年にわたる無茶な執筆生活、一睡もせずに原稿を書き続けるという生活がもたらしたものだったのでしょう。

ホテルの部屋の絨毯の上に横たわったまま、自分の心臓がいまにも止まりそうな予感のなかで、はっきりとこのまま死ぬかもしれないと思う。そのときの気持ちは、恐怖でも、諦《あきら》めでもありませんでした。

まるで自分が見えない世界に滑りこんでいくような、それを外から呆然《ぼうぜん》と眺《なが》めているような、いままでに感じたことのない不思議な感覚だったのです。

それ以外にも、これまで何度も何度も、「今度はほんとに死ぬのかな」と思った瞬間がありました。しかし、時間が過ぎてしまうと、不思議なことにそのときの「死の実感」は薄《うす》らいでしまいます。

ただあらためて考えてみますと、そのような「死の実感」が数年も持続《じぞく》するようなものであったなら、人間は生きていけないのかもしれません。忘れてしまうことによって、何もなかったかのように生き続けてゆくことができるのではないでしょうか。そうした心理的なメカニズムを、人間は天性備《そな》えているものなのではないかと思うのです。

悲惨な出来事に遭《あ》う。あるいはことばに尽くせないような悲しみを体験する。しかし、しばらくすると人間はしぶとく立ち直るものです。それが人間の生きていく上での武器になっているような気がします。

「死を想え」《メメント・モリ》というような教訓的なことばを引くまでもなく、人間はいやおうなく死に向かって一日一日歩いていく存在《そんざい》です。このことはわかりきった事柄《ことがら》であるにもかかわらず、日常生活のなかではほとんど実感がないものです。

私たちは死が目前に迫っていても、なぜそれを実感としてとらえることができないのでしょうか。

とらえることができないから、様子《ようす》を見ながら生きていくことはできても、その一面で、人生において大変重要な、大きなものを見過ごしているのかもしれないという気がするのです。

死の恐怖というものを常に抱《いだ》きながら日々を生きていくことは難《むずか》しい。だから私たちはそれを忘れる、あるいは見ないですますという知恵をはたらかせてやりすごす。

しかしその一方で、そのために見るべきものを見ず、感じるべきものを感じないで、大きな欠落を抱《かか》えたまま、日々生き続けているのかもしれない。そんなふうに思うところがあるのです。

正直言って、自分自身、どんなふうにやがてくる死というものと向きあうのかわかりません。しかしできるだけ死というものをはっきりと、その正体を見すえつつ、生きていくしか道はないのではないか、と考えています。

そんなふうに、この数十年以上、ずっと死のことを考え続けてきました。死についての一般のかたの手記をまとめた『うらやましい死にかた』(文藝春秋)という本の編者になったこともあります。

しかし、そこに寄せられた死は、どんなに感動的な死の様子であったとしても、それは結局自分の死ではない。またさまざまな東西の哲学者《てつがくしゃ》、文学者が死について語ったことばも、なるほどな、と共感したり、うまいことを言うと感心したりしますが、しかしそれだけです。自分のこころをぎゅっとしめつけるような死の実感というものを、そのような死に関する名言から受けとることはできませんでした。

死について考えることは、結局、自分の記憶のなかでの死というものを手探《てさぐ》りで探《さが》してみるしかないようです。他人の体験は、自分のものではない。そう感じられてなりません。

自分の死

ふり返ってみますと、私の場合、死というものを具体的なかたちとして体験したのは、おそらく小学校に行く前の、五歳くらいのことだったように思います。ある年、生まれて間もない私の弟が、丹毒《たんどく》という病気で亡くなりました。父親が、丹毒に効《き》くのだと言って、バケツからたくさんのどじょうを出して割《さ》いていたのをおぼえています。

割いたどじょうを患部《かんぶ》にはりつける。それが治療法だとされていたようです。しかしその甲斐《かい》なく、弟は亡くなりました。葬式があり、その後、父親と母親が仏壇の前に坐《すわ》って、泣いている姿がおぼろげながら記憶に残っています。

そのときの実感としては、幼い弟がいなくなった、という感覚だけでした。死んだというイメージは浮かんではきませんでした。きのうまでいた人間がいなくなった。それだけだったのです。

どのように葬《ほうむ》られたのか、死んでどうなったかというようなことはほとんど考えることはありませんでした。

その後も、私は家族の死というものに次々と出会うことになります。敗戦の年に母親が亡くなり、引《ひ》き揚《あ》げ後に父親、そしてその後には仕事を手伝ってくれていた実弟をなくし、また周囲でも多くの友人や知人が亡くなりました。

そうした死を眺めながら、自分の死に対する考えかたが変わっていったかというと、やはりかならずしもそうではないような気がするのです。たとえ血を分けた兄弟でさえ、その死は自分の死ではないからかもしれません。

死というものは、どこか、向こう側にあるのではなくて、どこまでも自分自身の死だけが、じつは問題なのです。

戦後、ポーランドのアウシュビッツ強制収容所についての報告がいくつも刊行されました。その信じられない事実にこころを震わせながらも、やはりどこかで、しかしそれは自分にとっての死ではない、という隔《へだ》たりを感じないわけにいかないのが不思議でした。

ことばをかえて言えば、死というものは徹頭徹尾《てっとうてつび》自分だけのものであって、どんなに近しい、親《した》しい人の死であっても、それは自分の死とは別なのです。

そう考えてきますと、死一般を問題にするということは、ほとんど意味がないという気もしないではありません。大事なのは、「死」ではなくて「自分の死」。「私の死」。これだけが人間にとっての大問題であると言っていいでしょう。

古今東西の死についての名言を読んでもピンとこないのは、そこにある死が、あなたの死であっても私の死ではない、彼の死であっても自分の死ではないからです。ひとことで言えば、他人事《たにんごと》なのです。

あらためて自分のことを考えてみますと、私自身は、死というものをかなり現実的な事柄《ことがら》として考えてきたようです。それは、子供のころからかならずしも身体的に強健だったわけではなく、扁桃腺炎《へんとうせんえん》などで絶えず寝込みがちな子供だったというせいもあるでしょう。また育ったのが戦争の時代でもあり、死というものが珍《めずら》しい現象《げんしょう》ではなく、周《まわ》りには戦死や戦災による死というものが氾濫《はんらん》していたこともあるのかもしれません。

終戦直後は、朝鮮半島からの「引き揚げ」という非日常的な空間のなかで、たくさんの死を目前にしました。

それでも、自分の死というものの姿《すがた》は、目に見ることができません。それは他人の死であるかぎり、実体として死を確認することができないのです。他人の死は自分の死の学習にはなりません。どんなに感動的な死であっても、こころに残る死であってもそうです。

死を理解することはできても、実感することは難しい。死に対して自分はどう受けとめ、準備するかということの困難さを考えずにはいられません。死に対しての意識は、時々刻々《じじこっこく》移り変わる現実のなかで、私たちのかたわらを風景のように流れて過ぎていきます。

死をどう考えるか。死をどう受けとめるか。

そして自分の死にどういう立場をとり、準備をするかという問題ほど複雑で難しい問題はないように思います。

しかし私たちは、どうしてもその問題と取り組まなければならないのです。

「死」が見えてくれば、いま自分が生きている「生《せい》」、「命《いのち》」というものが見えてくるのではないか。そう思うからです。

人間にとっての死とは、あくまで自分にとっての死である。そこを出発点として、今回の死についての話を進めていきたいと思います。

こころの死

前に新聞で、マイクロバスのなかで数人の男女が集団自殺をしたと報じられていました。またあいついで家族五人を殺害したというようなニュースも読みました。

ここのところそういうニュースにふれて、以前のようにはショックを受けなくなった自分に、なんともいえず不快感を覚えるのですが、人間というものはいつしかそういうふうに状況に慣れてゆくものなのかもしれません。

『他力《たりき》』（講談社）という本を書いたのが一九九八年。それから七年で、日本人の生死をめぐる状況は、まったく変わってしまったように思います。

『他力』のなかで私は、日本人の年間自殺者数の二万三千百四人（一九九六年）という数字について、数の大きさに驚くとともに、将来はこの数字がさらに増《ふ》えるだろう、と書きました。

しかしいま、この予想は甘かったと言わざるをえません。

それからわずか二年ののち、三万人を突破したのです。二〇〇五年に警察庁から発表された二〇〇四年の数字では、自殺者数は三万二千三百二十五人に及びます。

あの当時、私はかなり悲観《ひかん》的に数字を予想したつもりでした。周囲の誰からも、大げさな予想だと言われたのです。まさかそれが、こんなかたちで裏切られようとは、考えもしませんでした。日本の自殺率は、最近のＷＨＯ（世界保健機関）の調査によっても、世界の先進国中トップであるといいます。

その後、私はくり返し予想を上回る自殺者の増加について語ってきましたが、その予想さえも、現実ははるかに超《こ》えてしまっています。

約十年間のベトナム戦争でのアメリカ軍の戦死者が約五万八千人。つまり日本の自殺者数は、わずか二年でベトナム戦争のアメリカ軍の死者数を超えるのです。あの阪神淡路《あわじ》大震災《だいしんさい》の死者が約六千四百人としますと、毎年四回以上も大震災が起きているのと同じです。

爆弾も降らず、一見《いっけん》平和な風景のなかで、それほどの数の人間が、日常的にみずから死を選ぶこの世界とは、いったいどんな世界なのでしょうか。

あえて報道されてはいないことですが、大都市圏《けん》に通勤しているかたなら、「死傷事故」「人身事故」という名の鉄道自殺が、毎日のように起こっていることは周知の事実です。

一日に複数回起こることも珍しくない。恐ろしいことには、乗客も、そんな事故には慣れっこになっており、事故の案内を車中で聞いて、「また電車が遅れるな」と迷惑《めいわく》げに舌打ちをする者は多くても、亡くなった人間に対する憐憫《れんびん》のことばを聞くことはまずありません。

長年自殺未遂《みすい》者のケアにあたってきた精神科の高橋祥友《よしとも》医師は、自殺未遂者の数は自殺者の十〜二十倍にのぼると推定《すいてい》されるという報告をとりあげています（『自殺未遂――「死にたい」と「生きたい」の心理学』講談社）。また二〇〇三年に十万二千人を超えた行方《ゆくえ》不明者数のうちにも、実際は遺体が発見されない自殺者が多くふくまれるともいわれます。

自殺がありふれた日常的な現象であり、それを誰も驚かない世界。私たちは毎日無数の死者の影と隣り合って暮らしているのです。

かつて、酒鬼薔薇《さかきばら》事件が大きな衝撃をともなって報道されました。しかしいま、それに類した事件はそれほど珍しくなくなっています。そうした猟奇《りょうき》的な殺人以外にも、肉親や身内を殺したというような記事は、ここであらためて書く必要もなく日常茶飯事《さはんじ》です。

その理由も、言動を注意されたというような、些細《ささい》なことが珍しくない。現在小学生の通学は、拉致監禁《らちかんきん》をおそれ厳戒態勢のもとでおこなわれている地域もあります。自分の子供を餓死《がし》させるというような虐待《ぎゃくたい》報道も、以前は珍しいものでした。

これは殺人事件ではありませんが、現代の火災の原因の第一位が、放火であるという事実に驚かされます。かつてのような火の不始末《ふしまつ》が原因ではないのです。

他人の家に火をつけ、そのなかの人間も死亡させてしまうおそれもある放火。犯人は、そのことにおそらく恐怖したり罪悪感を覚えることなく、むしろ悦《よろこ》びを感じる人たちです。

「目を覆《おお》う」ということばがありますが、毎日の新聞を見るとき、まさに思わず目を覆わざるをえません。

しかしそうした悲惨なニュースも、いまはあまりにありふれてしまい、ニュース価値もなくなりつつあるのです。

現実の戦争はなくても、私たちは「こころの戦争」の時代に生きている、と私は書きました。いま、状況ははるかに進行しています。これからはさらに予想もできない世の中になるのではないか。「こころの戦争」の段階を過ぎたあとに現れる光景はどんなものなのでしょうか。荒涼《こうりょう》とした砂漠《さばく》、「こころの死」の時代かもしれません。

平安時代の源信《げんしん》、鎌倉時代の法然《ほうねん》の時代にも、飢饉《ききん》や戦乱、そして現在のような天災によって、京都の加茂《かも》（鴨《かも》川）の川原《かわら》には死体があふれていたといいます。それを見て宗教家たちは、この世の最終的な世界の到来近しと見て、「末法《まっぽう》」ということばを唱《とな》えました。

末法に特徴的な天変地異《てんぺんちい》については、ここではふれません。現在はかつてない天変地異の渦中《かちゅう》にありますが、その原因の多くは、人間がもたらしたものであることを、感じているかたも多いはずです。

しかし、中世の川原のおびただしい死人たちは、現代のように自分で命を絶ったわけでも、愉《たの》しみのために殺されたのでもないのです。少なくとも、生きたいという願いだけはたしかにあったはずなのです。はたして当時と現代、どちらが悲惨な状況といえるでしょうか。

新聞にあるような大きな事件だけではありません。私たちのこころのなかにも、すでに末法はしのびこんでいるかもしれません。意識はしなくとも、「死」に対する意識が軽くなっているように思います。こころのなかにはすでに、生命の希《き》薄《はく》化というひとつの地獄を抱《かか》えていないでしょうか。

こころの病《や》む時代に

死が周囲に満ちているということが、死を深く考えるきっかけになるのでしょうか。そう考えますと、いっこうにそうではなく、むしろ逆の影響を与えているように思えることが驚きです。

つまり、そのような毎日のニュースにショックを受けて、本当ならその日一日気分が悪いという状態であっても不思議ではないのに、実際はそうではありません。

大リーグの開幕試合でイチローが二安打したとか、松井がホームランを打ったとか、そうしたニュースのページをめくるたびに、ついさっきの悲惨な出来事も意識の端《はし》から追い払われていくからです。

まるで私たちは、プラスチックのような神経、こころになっていて、どんな悲惨なニュースにふれても、その上をつるつると意識が滑っていくような気がします。

そのいっぽうで、最近、若い女性のあいだでも、心療内科《しんりょうないか》に行くという流行があるようです。気持ちが冴《さ》えない、ファイトがわかない、なんとなくうつうつとしている。診察を受けて、抗うつ剤、向《こう》精神薬などを処方《しょほう》してもらう。それで安心して帰ってくる。

それがまったく日常的な若者の風景であるということには、大きな問題があるような気がします。

職場では、周囲は流行のファッションに身を包《つつ》み、きちんとしたメイクをし、きびきびとキャリアを積んだ働き手として振舞《ふるま》っている。そんななかで、自分ひとりが内面に問題を抱え、うつうつとしていれば、いまのような競争社会では淘《とう》汰《た》されてしまうかもしれないと思う。とりあえずそうした自分のこころを奮《ふる》い立たせるために心療内科、神経科へ行き、薬を処方してもらって安心する。

しかし本当は、外から見ると元気よく振舞っている同僚やあるいは他人たちのほとんど全員が、じつは同じようにこころのなかになんともいえない気持ちを抱えつつ、それを必死で押し隠しながら、外側だけ元気に振舞っているのではないでしょうか。

現代のように、世間が病《や》んでいる時代に、毎日なんの不快感も覚えずに快適に仕事ができるほうが、むしろ病んでいる、と思うことがあります。

いまの時代に、こころがうつになるのを感じ、なんともいえない無気力感を覚えるのは、その人の気持ちがとりわけ人間的であり、繊細《せんさい》であり、優《やさ》しいからでしょう。いわば、菩薩《ぼさつ》のこころに近いこころの持ち主ほど、いまの時代にはこころが萎《な》えるという感覚を味わうのではないかと思うのです。

祈りと死

理《り》不《ふ》尽《じん》なもの

みなさんは、「死」は不公平であり、理《り》不《ふ》尽《じん》である、と感じられたことはないでしょうか。

死ななくてもいいような人が先に死に、罰《ばつ》を受けるべき人がのうのうと生きているではないか。そうしたことに納得《なっとく》できない、という気持ちを持った人は多いのではないかと思います。

なぜ、特定の、罪も犯していない人が、死の苦しみを負い、あるいは先に死ななければならないのか。この「死の不公平感」を納得させることばはどこにもありません。

それが自分の死ならなおさらです。「ほかの人が生き残っているのに、自分だけが先に逝《ゆ》くのはいやだ」という気持ちは誰でも持つでしょう。陽《ひ》が照り、花が咲き、皆《みんな》楽しそうに生きているとき、自分だけが先に死ななければならない理由はなんなのか。その不公平、理不尽、不条理《ふじょうり》性。

かつてあるクリスチャンにこのことを質問したことがあります。

その答えは、「苦しみの多い人は、神に愛されているのだ」「神は愛する者に、多くの苦しみを与えたもうのです」というものでした。これはもっとも模範《もはん》的な答えのひとつで、キリスト教徒からの答えとして、よく耳にすることばです。また既成《きせい》の多くの宗教の答えも、これと似たものが多い。死んだらあの世で幸せになる、というような答えかたです。

私は正直、その答えにはなんとなく納得しがたいものがあります。

「死の不公平感」について私がクリスチャンにした質問は、まったく乱暴で、人によっては幼稚《ようち》な質問だと言われるかもしれません。しかしこの問いに明確な答えを得ずには、死についての考察は、一歩も進むことができないと思われるのです。

たとえば、次のようなケースのとき、人はどう対応したらよいのでしょうか。

これは現実にあった問題です。

私の知り合いの女性が足を骨折して入院していたことがあります。そのとき、同じ病室に入院していた少女の話です。

同室の少女は二十歳そこそこでした。癌《がん》で、抗癌剤《こうがんざい》の副作用のために、昼は何度も激しい嘔吐《おうと》をくり返していたそうです。

その少女が、毎日夜になると、窓から東京タワーを見ながら、しくしく泣くのだそうです。毎晩のように聞こえるその泣き声が耳について、私の知人の女性も眠れない夜が続いたのだそうです。

少女はなぜ泣いていたのでしょうか。死が恐ろしかったのでしょうか。

私の知人が、ある夜、彼女と話をしました。そうしたところ、彼女は、率直《そっちょく》に話をしてくれたそうです。

「死は恐《こわ》いんですが、それよりももっと納得できないことがあるのです」と彼女は言ったそうです。「どうして自分だけが、こんなにきれいな夜景のなかで、苦しまなければならないのか、その理由がわからないことが苦しく、悲しいのです。私と同じ若い人たちは、きっといまごろ、デートをしたり、コンサートに行ったり、本を読んだりしているのでしょう。なのになぜ自分だけが、抗癌剤治療のために髪も抜けて、吐き気に襲《おそ》われながら、窓の外の東京タワーを見ていなければいけないのでしょうか。私だけがそう罰《ばっ》せられる理由があるでしょうか。私は、自分だけが罰せられるようなことをしたとは思いません。その理由のわからないことが、あまりに苦しく、悲しくて、涙が出て仕方ないのです」

もし神というものがあるとしたら、神はなぜ自分だけにこんな苦しみを与えるのか。どうして自分だけがそうなのか。その理由をどうしても知りたい、と彼女は語ってくれたそうです。

そこには理不尽さだけではなく、目に見えない運命に対する大きな憤《いきどお》り、怒《いか》りの感情があるようでした。

愛されるがゆえに苦しむという論理

この少女の質問に、どう答えたらいいのでしょうか。彼女は、どんな理由、どんなことばなら自分の死を納得できるのでしょう。

彼女を前にしたら、自分ならどう答えるか、私はずっと今日《こんにち》まで考えてきました。

たとえば宗教の立場では、少女になんと答えるでしょう。

キリスト教や仏教という区別なく、世の中の宗教の論理の多くは、「病気の痛みを軽くしてあげましょう」というものではなく、「その痛みを感じていることがあなたの幸せなのだ」という逆説的な答えを用意しています。

宗教の論理からすれば、苦しみは、天が与えた試練であるとされるからです。

その果てに、本当の喜びが待っていると彼らは言います。ジッドの『狭き門』の「狭き門からはいれ」という聖書のことばは、楽な広い門からはいるのではなく、多くの苦しみを経験しながら、苦しい道を行け、ということです。救いの道にいたれるのは、多くの苦しみを背負《せお》った人からである、ということでしょう。

これはキリストの磔刑《たっけい》による死という事情にも関連するのでしょう。キリストの栄光というものは、世界中の人びとの罪と苦しみを一身《いっしん》に背負って亡くなったことです。

それと同じように、キリスト教徒は自分が犠牲《ぎせい》になっているということに価値を見出《みいだ》すという感覚がどこかにあるのでしょうか。悩み苦しんでいる者は、磔《はりつけ》にされたキリストと同じように、この世のもっとも「善《よ》き者」である、「善い人間がこの世で苦しむのだ」という考えかたです。それはどの宗教でも共通するものと思います。

普通《ふつう》の世間の論理からすれば「善き人は多くをもらう」となるでしょう。それは世俗《せぞく》的な立場からすれば、当然の言いかたです。それは経済の論理でもあります。

たしかに、「あなたは不摂生《ふせっせい》をしていたから、いま苦しみを背負っているのだ」と事実を言っても、相手が救われることはないかもしれません。肺癌《はいがん》の人に対して「あなたはタバコを吸いすぎたから肺癌になったのだ」と論理的に説明してみても、その当人の魂《たましい》は救われると思えません。なお辛《つら》くなると思います。

アウシュビッツで殺されたユダヤ人たちも、なぜ自分たちだけが苦しまなければならないのか当然考えたでしょう。家族も子供もみな殺されている。自分はこれまで罪も犯《おか》さず、正直に生きている敬虔《けいけん》なユダヤ教徒である。にもかかわらず、なぜこんな苦しみを神は与えるのか。この場合には、彼らは「善い人こそ苦しむ」という論理で納得するしかありません。

この宗教的な発想の是非《ぜひ》は別として、世の中には、事実として不公平というものはまず前提的《ぜんてい》・絶対的につきまとうものだと、私は考えます。どんな体制であろうと、不公平がなくなることはこの世界にはない、と思うのです。

人間が生きているということは、そもそも大変な矛盾《むじゅん》をはらんでいて、その矛盾をはらんでいるという事実を、合理的《ごうり》に正そうとしても正せるものではないのです。

世の中の不公平というものはなくならない。不正もなくならない。悪というものもなくならない。「なくならないもの」に対して、「なくなる」ということばで言うことは、相手に届《とど》かないところがあると、私は思っています。

たとえば先ほどお話しした東京タワーの見える病室の少女です。末期《まっき》の癌で、人はみな楽しんでいるのに、自分だけはなぜ病室で死を待つしかないのか。

その質問を、医学的、道徳的、経済的、現実的な答えで解決しようとするのは残念ながら不可能です。彼女は抗癌剤の影響で毛髪が抜け続けている。その彼女に対して、「いずれ生《は》えてきますよ」などということは絶対に言えないでしょう。

彼女が自分の死を納得できなければ、明らかにひとつの地獄にいるままです。彼女に、何かことばを発したい。

しかし痛がっている彼女に対して、「その痛みは消えません」と言ってもどうにもならない。現実的にはなんの力もない。

そのときに宗教的なことばとして言われることばのひとつに、たとえば、先ほど述べたような「この痛みはあなたの栄光です」という言いかたがあります。あなたは選ばれた人間で、この痛みを得ることによって人間的に生きる価値があるのだ、ということです。

たしかに、人間のこころというものは、危機に際し何かをつかもうとするものですから、文字どおり一縷《いちる》の希望でもそれにすがりたいと思うでしょう。またたしかに、そのことばによって、本当の不幸の底にいる人が、救われることがあるのもひとつの事実なのだと思います。

しかし、もし私なら、その東京タワーの見える病室で、少女に向かってなんと言うでしょうか。そのときにできることはなんだろうと考えてしまうのです。それについてさらに考えてみようと思います。

絶対的な不公平の存在と神

宗教は人間に必要なものだと、私は思います。

なぜかといえば、人間の暮らしは、永遠に不公平が続いてゆくものだからです。

不公平で理不尽《りふじん》だからこそ、人は、もうひとつの世界がなければ救われないのです。人生も死も、不公平に苦しみ、犠牲となっている人は、未来永劫《みらいえいごう》にわたって尽きない。それは社会体制にかかわりません。

不公平というのは、本当のことを言えば人間の宿命《しゅくめい》です。しかしもちろんそれは人間によって生まれるものでもあります。おのれを優先させようとする欲から生まれるのでしょう。人間社会が作りだす不公平です。仏教では煩悩《ぼんのう》から生じると考えます。

この不公平な世の中で弱者は犠牲になり、強者が栄《さか》える。その現実は、文明のはじまりから現在まで共通でしょう。これからもそうでしょう。残念ながら、これだけは明確な事実です。

神がいれば人生も死も公平のはずだ、不公平は、神がいないということではないのか。

そうした考えかたは、じつは神の存在《そんざい》を前提に考えている人の発想なのです。そういう人は無意識《むいしき》にか、最初から神という存在を信頼していると言っていいでしょう。無神論とは、汎神論《はんしんろん》であるといわれるゆえんです。本当の無神論というのは、最初から神という意識のまったくない思想ですから。

天は世の中を公平に扱《あつか》ってくれるはずだという考えかた、正義感は人間に存在するはずだ、という前提の考えの人は、いまのこんな世の中を見て、こんな不公平であるのなら神なんて存在しないのじゃないか、と言うかもしれません。しかしそんな人こそ、天とか正義、神というものを、先験的《せんけんてき》に信じている人なのです。

私は「世の中は本来不公平なものだ」というふうに考えます。「不公平で残酷である」と。それこそが正常であると。

ですから、不条理《ふじょうり》な死、死すべき理由を納得のできない死も、当然のことながら起こりうる。

そこにはなんの条理も理由もない。何も罪のない善人《ぜんにん》が真っ先に苦しんで涙を流して死に、罰せられるべき人間が、のうのうと生き、生《せい》をまっとうする。

これは一見《いっけん》不条理ではありますが、それこそが目をそむけられない現実であると思うのです。

しかし不公平で残酷であることに、人は耐えられない。ですから、人間は、自分の生きていく不安や恐怖から救ってくれる力を必要とします。

たとえば、無実の罪で三日後に処刑されることが決まっている人間がいるとします。それはその人間にとっては、なんとも納得のいかない現実でしょう。しかしそれでも、その人は、なんとか納得することばを探《さが》さずにはいられないはずです。

それは当然の行為《こうい》です。それによって、苦しみから逃《のが》れようとするのですから。

その人には、たとえば首を斬《き》られて処刑される、という恐怖がひとつある。しかも、「不公平に」殺される、というもうひとつの苦しみがある。死への恐怖と、運命を納得できないという二重の苦しみです。

そうしたなかで、たしかに、たったひとつの救いは、神とか、仏とかいったものに頼るしかないのかもしれません。自分の死は不公平な死ではなく、たとえば神から愛されての死なのだ、と考え納得できるとすれば、たしかに救われると思います。

ただ、それはきわめて現実的な判断です。本当に神のような「絶対者」が存在するかどうかは、本当は二義的な問題でいい。ただ、痛みが少ないほうがいいのです。死への不安と、運命への怒りのそのふたつの苦しみ。そのなかで極限まで精神的に消耗《しょうもう》している。それでも、もし「神に愛されて死ぬのだ」と自分で思えるとしたら、そして少しでも痛みが減るとすれば、それは十分意義があるのではないか、と宗教の立場では考えるのでしょう。

絶対者を意識することによって、自分の背負った荷物の重量が減ることはありません。目的地までの距離が近づくこともありません。

信仰《しんこう》を持ったからといって、暮らしが楽になったり、病気が治《なお》ったりすることもありえません。

でも、痛みや苦しみを抱《かか》えながらも、生きていく力が与えられるとしたら、その価値はあるのではないか、とその点は私も思います。

しかし宗教によっては、荷物が軽くなり、距離も近くなる、と説《と》くのです。私はそれは信じない。というより、似非《えせ》宗教であると思うのです。

生きなくても、死ぬためでもいい。先ほどの、日いちにちと処刑の日が近づいてくる死刑囚のこころのなかも同じです。「これは選ばれた者の苦しみである」と思うしかないのです。

それを「錯覚《さっかく》」といってもいいのでしょう。でも自分で自分を騙《だま》すことができたのならば、少なくともその苦しみは減らされるでしょう。

しかし実際は、そのような宗教的言説《げんせつ》によって、納得できない場合もあります。

実際問題として、先ほどからお話ししている東京タワーの見える病室の少女は、自分が選ばれて苦しんでいるとは思っていませんでした。では彼女に何を言えばいいのでしょう。

祈りと死

また、このような話を聞いたことがあります。

これは別のお嬢さんの話です。母親が癌になり、肺癌だったと思いますが、その癌の部位のためか、痛み止めのモルヒネの使用が医師により制限されていたのだそうです。

母親はそのために、痛みでのたうちまわるように苦しみ、「痛い痛い、薬をちょうだい」と泣き叫んでいたそうです。お嬢さんは、医者に、たとえ母親の命を縮めてもいいから、痛みを止める薬を処方《しょほう》してほしいと頼みました。

しかし医者はそれはできないと言う。医者の義務として、延命を第一に考えなければならないと言うのです。

お嬢さんは一日中母親につきそっています。さすってあげると、少しは楽そうに見える。さするのをやめると、母親はお嬢さんの手を握り、「さすってくれ」と願うのです。

お嬢さんは、二十四時間さすり続け、疲れて前後不覚《ぜんごふかく》になったようになり、床の上にひざまずいて、そのとき、神に祈ったのだそうです。自分の命の半分を縮めてくださって結構ですから、なんとか母の痛みを、少しでも軽くしていただけませんか、神さま、と。

夜を徹《てつ》して彼女は祈りました。しかし、その効果はまったくなく、母親は、「痛い、痛い、薬をください！」と絶叫しながら死んでいったそうです。

「コンパッション」ということばがあります。他人の痛みを自分の痛みのように感じる、という同情心のことでしょうか。他人の痛みを自分で引き受けて、半分でも背負いたい、という願いです。彼女は誠心誠意《せいしんせいい》、自分の命を縮めても母親の痛みを取り除いてほしいと祈りました。しかし、他人の痛みや苦しみを自分が引き受けることは決してできない、という真実をしみじみと思い知らされるわけです。

その人の痛み、苦しみはその人当人だけのものであって、どんなに他人が同情し慰《なぐさ》めたところで軽くなりはしない。それをいやというほど知らされました。

そういうとき、彼女のこころのなかに生まれるものが、「悲《ひ》」という感情ではないでしょうか。

どうしようもなく嘆き声やため息を発する。おのれの無力《むりょく》さのためにつくため息。人に、何もしてやることができないのだという絶対的事実。それが「悲」という感情です。

人が、他人に対し、何かをしてあげることができると安易《あんい》に信じることを、偽《ぎ》善《ぜん》というと思います。人は自分のためにしかできない、と思ったほうがいい。キリスト教の、人のために善いことをするときは隠れておこなえ、ということばは、ヒューマニズムの陰にいやおうなく隠された、利己心《りこしん》の危険性を鋭《するど》くついていると私は思います。

どんな人が先に死んだか

東京タワーの見える病室の少女のことを考えるとき、私は自分が体験してきた、死の不条理性《ふじょうり》、不合理性《ふごうり》について、どうしても思い及ばざるをえません。

私がこれまでずっと言い続けてきていることは、人生というものは理不尽《りふじん》なものであると覚悟したほうがいい、ということです。

死もまた、まったく同様なのだと、いまつくづく思います。

私は、理不尽な死を、いやというほど見てきました。こんないい人がなぜ先に死ななければならないのか、という現実を、山のように見てきたのです。

その死を前にして、私も、「これは間違っている」「こんなことはあってはいけない」と思うことが何度もありました。

終戦後の朝鮮半島からの引《ひ》き揚《あ》げ時に、どんな人が生き延び、どんな人が先に亡くなったか。

それははっきりしているのです。優《やさ》しい人が先に死んだのです。強引《ごういん》で力の強い人が生き延びたのです。

普通の発想からすれば、優しい人こそ生き延びるべきではないのか。しかし現実は逆です。「善《よ》き者は逝《ゆ》く」ということばの意味は、「優しい人は生き延びられない」ということです。それが人生だ、と言っているのです。

現実の問題として、救命ボートに、二人が残っているときにあとひとりしか乗れないとします。そのとき、「お先にどうぞ」と言った人が、死ぬわけです。相手を押しのけて乗った人間が、生き残るのです。

善き者は逝く。そのとおりに、私の引き揚げの体験のなかでは、遠慮深い、慎《つつ》ましい人たちはまず落伍《らくご》していきました。死んだ人たちは善人たちなのです。あつかましい悪人がのさばって生き残っていく。そのなかで、自分も生きて帰ってきた人間のひとりでした。

アウシュビッツから奇跡的に帰還《きかん》したヴィクトール・E・フランクルの書『夜と霧』のなかでは、そのことについては、一行だけ、しかしはっきりと記《しる》されています。

「生命を全《まっと》うして帰ってきたわれわれすべては、その事を知っており、次のように安んじて言いうるのである。すなわち最もよき人々は帰ってこなかった」（霜山徳爾訳）と。それについてのことばが、この一行だけであり、まったくなんの事情の説明もないことで、かえって胸に重く響《ひび》くのを感じます。

ただ、私は漠然《ばくぜん》と、子供のころから、よい人が生き延びることはないのだ、とは感じていました。いい人が、いい報《むく》いを得るとは、かぎらないと思っていたのです。

子供のころ二匹の犬を飼っていましたが、先に餌《えさ》を食べられるのは、いつも若い、力のある犬でした。年寄りの犬は、若い犬が先に餌を食べているあいだ、しょぼんと後ろで待っている。それを見て、おとなしくしていると後まわしになるのだな、といつも思いました。

私の母親は、戦前の女性の多くがそうであったように、まず家庭を第一に考える、内面的で、そして本の好きな人でした。教師である父親のささやかな出世を喜ぶ、目立つところのない、ひとことで言えば、どこにでもいる善良な一母親でした。

その母親が、朝鮮でまず第一番目にソ連軍の進駐《しんちゅう》による混乱の犠牲者となりました。それはことばにはしたくない死にかたでした。

父親は、そのときの衝撃で人間がまるで変わってしまいました。それまでの謹《きん》厳実直《げんじっちょく》な教師がふぬけたようになり、引き揚げ後にはヤミ酒造にまで手を出すような、一種なげやりな生活をするようになったのです。

母の死を目撃し、茫然自失《ぼうぜんじしつ》している父親や弟たちを少年の私が引っ張るようにして、とにかく朝鮮から日本へ向けて脱出しなくてはならない。

平壌《へいじょう》（ピョンヤン）を出発したときの人数は、約百名ほどだったでしょうか。みな全財産を二束三文《にそくさんもん》で売り払い、鞄《かばん》ひとつを持って、来る日も来る日もただ朝鮮の原野を歩きました。昼間は危険なので、夜間に移動しました。

三十八度線（ソ連の管轄地区とアメリカの管轄地区の境界線）をやっと越えたあとも大変でした。狭い倉庫跡などに、折りかさなるようにして眠ります。当時は南側に属していた開城《かいじょう》（ケソン）の難民キャンプに収容されて、数百人という人間が、狭いテントのなかで寝ました。

ほかの、弱い人間、女性などの家族を力ずくで押しのけて、自分の場所を占領し、確保しなければ寝られません。おまえらあっちへ行けと、他人を押しのけるのがまず基本でした。足で押しやって一メートル四方くらいのスペースをつくる。日常の生活自体がそんな様子《ようす》でした。

家族が食べるために、軍の飛行場に毛布や備品を盗みにはいったり、法を犯《おか》すようなことは日常的にやりました。見つかれば射殺されたでしょう。盗んだものを騙《だま》して売ったりもしました。

乏しい食料状態と、不衛生な生活のために蔓延《まんえん》したのは発疹《はっしん》チフスでした。不衛生と飢餓《きが》から発症する病気です。あの、アウシュビッツ強制収容所で、多くの人々の命を奪った病気です。身動きできない密室の空間のなかで、蔓延を防ぐのは不可能でした。

終戦直後のシベリアで私と似た引き揚げの経験をした知人が、話してくれたことがあります。隣で寝ている人の体が冷たくなると、蚤《のみ》やしらみが自分の体に移動してくるので、死んだことがわかるのだそうです。彼は、眠っているとき、隣の人間からしらみが移動してくると、喜びを感じたといいます。明日《あす》はこの男から靴《くつ》を取り自分のものにできる。そうすればしばらくは歩くことが可能だ。また何日かは、生き延びられる。

死はまさに、私たちのすぐかたわらに、手の届くところにありました。地獄、といってよかったと思います。一緒に脱出した仲間のなかで、内地にたどり着けたのは、はたして何人ぐらいいたのだろうかと思います。

生者と死者の境界

そうした引き揚げ時の死の行進のなかで、いったいどんな人が生き延びることができたのか。いまも、よくそのことを考えます。

それははっきりしていました。先に書いたように、ずるく、悪い者が生き延びたのです。

他人の衣服も、ときには食料も、盗んでも奪える者が、生き延びたのです。人のことを考えているような優しい人は、まず真っ先に死にました。子供のことを考え、先に食べ物を渡していた親なども、子供より先に死んでいきました。

奇跡的に日本へ帰ってきてからも、私はそのときのどうにもゆるせない気持ちを、自分で整理できずにいました。

自分の母親は、どうして真っ先に死なねばならなかったのか。母親は、最初に死なねばならないような、罰を受けるべき人間だったろうか？

断固として否《いな》だ、と私は思いました。彼女は少なくとも生き延びた私たちのなかで、もっとも善良な人間ではなかったか。

その後朝鮮からの脱出時も、なぜ人間らしい人が先に死に、悪い者が生き延びたのか。それはどこか間違っていないか？

母親が、どうして最初にもっとも辛《つら》い目に遭《あ》わなくてはならなかったのか。罰を受けるべきは、そんな人であってよいはずはなかった。死ぬべきは、夜中にこっそり人の鞄から食料を盗んだり、朝鮮の人間に裏でわたりをつけたりする人間であるべきでした。たとえば私のように。

しかしそんな人間がこうしてのうのうと生き延びている。

正直な人間を最初に殺し、悪い人間を生き延びさせる神とはいったいなんなのか。その理不尽はゆるされるものなのか。

善良な人間より先に、生き延びるために手段を選ばなかった、自分のような人間をどうして殺さないのか。

その考えは次第《しだい》に、生き延びている人間全体に対し、その生存のありかたに疑いの目を持つようにもなっていきました。あなたは、本来生きるべき人間の犠牲の上に生きているのではないのか、と。

本当は自分が最初に死ぬべきではなかったのか、自分は生きているべき者ではないのではないかという思いは、いつもこころの隅《すみ》に巣くっていました。だから私はつかのま何かの楽しみを覚えたときでも、こころから笑うことのできない人間になっていったのです。

たとえば楽しく、友人と話をしているようなときなど、こころの片隅《かたすみ》から、かすかな声が聞こえてくる。

「おまえは何がそんなに楽しいのか。よく平気で生きていられるものだな」と。

「おまえは罪を負った人間ではないか」と。

そうしたことから、若いころ、自分で自分の命を絶とうとしたことも、ありました。死者の血の上に生きている自分の存在が、ゆるしがたかったのです。

私はその後、『歎異抄《たんにしょう》』を読む機会があり、いわゆる、「悪人正機説《あくにんしょうきせつ》」を知りました。

その説は最初いまひとつ理解しがたい点がありましたが、ひとつだけはっきりしていることがありました。それは、このなかに出てくる「悪人」とは俺のことだ、という認識です。

悲しむしかない

私は、人が生きていることはそれだけで悲しいことなんだ、とずっと言い続けています。

世の中は願えばかならず実現するというようなことばにあふれていますが、それが実現しない現実を目にしたときの悲しみはいかばかりでしょうか。

私は人生は努力したからといって報《むく》われるものではない、しかしもし努力のあとに、ほんの少しでも報われることがあれば、「おかげさま」と、本当にこころから感謝すべきだと思っています。

悪いことをしている人をさして、「きっと悪い報いがある」と思う人は多いと思います。

しかし人生は往々《おうおう》にして、そうした人が最後までなんの咎《とが》もなく、幸せに人生をまっとうするものです。

反対に、陰で努力し、善行《ぜんこう》を積んだ人が、最後まで、なんの報いもなく、不公平に死んでいくことも少なくないのです。本当に救われない話ですが、じつはそれが冷厳な事実でしょう。

東京タワーの見える病室の少女に向かって、「あなたのおかれている状況は間違っている」「こんな不公平なことがあっていいわけはない」「神も仏もないのか」と言ってどうなるでしょうか。彼女の悲しみと痛みはますます増《ふ》えるしかないでしょう。

その少女に向かっていうことばなど、じつはないのかもしれません。

少女が、「いまごろほかの人たちは、デートをしたり、コンサートに行ったり、楽しんでいるだろう」「なのになぜ私はこんなふうに吐き気を抑《おさ》えながら東京タワーを見ていなければいけないのか」と思ったときの彼女の悲しみを、なんとか軽くしてあげたいとそばにいる人は誰だって思うでしょう。

もし私がそこにいたらどうでしょうか。

私は、求められないかぎり、何も言わないでしょう。見ているだけです。それを救うことのできないおのれの無力さにため息をつきながら。そうするしかないと思っています。

もしその少女に、「私はどうすればいいのですか」ときかれたら、「私にはわからない」と言うでしょう。それ以外に言うことはできません。

本当に私自身のこころに痛みを感じつつも、「私にはどうすることもできない」というのが、いちばん正直なことばです。

ただ、それだけでよいのでしょうか。他に言うべきことはないのでしょうか。

ここで頭に浮かぶのは、『歎異抄』のことです。そのことを考えてみます。

『歎異抄』

ここで『歎異抄』について最小限の紹介をしておきましょう。

『歎異抄』は、文庫本にして百ページにも満たない薄い本です。これまで無数の研究者がこの本について論じてきました。日本の宗教書のなかでも、もっとも言及《げんきゅう》の多い書ではないかともいわれています。

書名の意味は、「（教義の）異端《いたん》を歎《たん》じる（嘆く）」という意味で、誤解されやすい浄土真宗《じょうどしんしゅう》の教義について親鸞《しんらん》が語ったことばをまとめたものとされています。

親鸞自身が書いたものではありません。死後に、弟子《でし》の唯円《ゆいえん》という人が生前の親鸞の記憶をもとに書いたといわれます。

それにしても、なぜ『歎異抄』がこれほどまでに人口に膾炙《かいしゃ》するようになったのでしょう。

それは間違いなく、そのなかの有名な、「善人《ぜんにん》なをもて往生《おうじょう》をとぐ、いはんや悪人をや」という一文の存在に尽きるでしょう。いわゆる「悪人正機説」と呼ばれるものです。最近は、そのことばは師の法然《ほうねん》の思想を伝えたもの、といわれています。

その文章は、思いがけない断定のことばです。

「善人ですら極楽往生《ごくらくおうじょう》できる。ましてや悪人ができないはずはない」というものですが、ひと目でわかるように、普通はその逆です。「そんなことはない、悪人でさえも往生できる。ましてや善人はもちろんだ。逆じゃないか」と言われそうです。

普通ならそう考えるところです。また、「じゃあ、悪いことをして救われるなら、どんどん悪いことをしたほうが得だ」と言う人もいるかもしれません。事実、そう主張した人びとが多く現れ、その後百年以上たった蓮如《れんにょ》の時代でも大きな問題でした。

しかし、直観《ちょっかん》として、このことばがある真実を語っているという強い確信を、読む者に与えないでしょうか。

そうでなければ、現代でもこれほど多くの人間に、影響を与えたり、このことばを口ずさむ者が多いはずはありません。

私もはじめてこの文を読んだとき、腹の奥を殴《なぐ》られたような違和感《いわかん》を覚えました。しかしそのころ、その正体が何なのかはわかりませんでした。

ただひとつはっきりしていたことがあります。先ほど書きましたが、この「悪人」とは自分のことだ、ということです。

「生きる」という業《ごう》

これまで、まさに無数といってよい人びとが、『歎異抄』のこのことばについて独自の解釈をおこなってきました。

意味自体は前述のように単純ですが、問題はこの「悪人」の解釈です。その解釈は無数にあると言ってよいようです。いささか乱暴ですが、これまでされてきた解釈をおおまかにまとめますと、

文字どおり「悪人」そのものの意味という説。道徳的な価値観に反する行為をする人。

教化《きようげ》されていない、一般大衆の意味。

原罪的な、人間はもともと悪人的存在であるという説。

というふうに分けられるでしょうか。

私は自身の体験から、右の解釈とは少し違う読みかたをするようになりました。

『歎異抄』のことばを読んだとき、まさにそのときこそ、朝鮮からの引き揚げの日々を思い起こさずにはいられませんでした。

親鸞の時代の京都と同じように、多くの死体を前にし、肉親の死を前にしてさえ、まったくなす術《すべ》もない、仏にも見放《みはな》された状況。「絶望」ということばさえも浮かべることのできない世界。

そこで生き延びた人たちは、自分の運命を呪《のろ》い、死人の前で泣きくずれるしかない。そこは仏の力の及ばない、末法《まっぽう》の世界です。

そして死んだ体から、ときには、いまにも死につつある体から、衣服を剝《は》ぎ取ることもある。自分が、生きていくためにです。

生きていくために、人の生をふみにじらなければならない。それが末法の時代に生きる唯一《ゆいいつ》の方法なのです。

その行為は、明らかに「悪」です。悪をしてしか、存在はない。生きるために、他人の生と死を踏み台にしなければならない存在としての自分。

それでも人間なら、たとえどんな状況であっても自分のしていること、そうせざるをえない自己の存在が、「悪」であることは認識しているにちがいない。

中世の乱世では、肉親の死体すら食べていたといいます。よく「地獄絵」という絵画に描かれている「餓鬼《がき》」の姿は、飢餓状態の痩《や》せて腹だけ突き出た人間の姿《すがた》形《かたち》をそのまま描写しているものです。

しかしどうしようもないのです。自分はいま生きるために悪行《あくぎょう》をおこなう、虫けら以下の存在です。私が死んでも、もはや地獄が待っているしかありません。

生きていくためには、悪行という業を背負ってゆくしかないのです。

しかしそのときっと、真の念仏者《ねんぶつしゃ》はその者に声をかけるであろうと思うのです。

「念仏せよ。善人はすでに極楽往生できた。生きるために悪行をおこなわざるをえないあなたも、もちろん、浄土へは往《ゆ》けるのだよ」と。

私は最近になってようやく、自分の見てきた死の意味と、それを超克《ちょうこく》する答えを予感するようになった。

死は本来理不尽である。善い者が先に死に、悪い者が生き残ることもあるのです。

どちらが正しいか、正しくないかではない。生きるという行為は、それ自体、他者の生をふみにじらずにはありえない。

しかしそれが許される日もある。そしていつかは浄土《じょうど》へと往生できる。

私は現代が、自分の体験した終戦直後の極限状態と、まったく別のものとは思えません。

自殺者の数もそうです。たとえ、他人から見れば些細《ささい》で、どうしてそんなことで死ぬのだろう、と思われる理由でも、当人にとって、極限状態ということでは区別はない。戦場にいるのと同じ、地獄に生きているのと同じでしょう。ただ、それが他人には理解しがたいだけです。

そして現代でさえ、毎日、私たちはたとえば家族を守るために、ささやかな幸福のために、他人を蹴落《けお》とし、場合によっては武器を使ってさえ、生きているのです。または世界中で戦争や飢餓などの地獄が存在することを、見て見ぬふりをしている。地獄絵の飢餓者の姿は、紛争地域の難民キャンプなどでそのままの姿で見られます。

第一、われわれは動植物の肉を食さずには生をつむぐことさえできないではありませんか。それを意識するかどうかだけの違いです。他の、多くの命、多くの死の上に、生きていくしかないのだという事実は消えません。

ある東北の大きな農場でのことです。

かつてある少女の父親から聞いた話です。彼らは、そこに行くまで、その牧場については牧歌的《ぼっか》でロマンティックなイメージを持っていました。

ところが実際に見てみると、牛たちは電流の通った柵《さく》で囲まれ、排泄《はいせつ》場所も狭い区域に限られていました。水を流すためにそうしているのでしょう。決まった時刻になると、牛たちは狭い中庭にある運動場へ連れて行かれ、遊動円木《ゆうどうえんぼく》のような、唐傘《からかさ》の骨を巨大にしたような機械の下につながれる。機械から延びた枝のようなものの先に鉄の金輪《かなわ》があり、それを牛の鼻に結びつける。機械のスイッチをいれると、その唐傘が回転を始めます。牛はそれに引っ張られてぐるぐると歩き回る。機械が動いている間じゅう歩くわけです。牛の運動のためでしょうね。周《まわ》りには広大な草原があるのですから自由に歩かせればいいと思うのですが。おそらく経済効率のためにそうしているのでしょう。牛は死ぬまでそれをくり返させられます。

その父親が言うには、それを見て以来、少女はいっさい牛肉を口にしなくなってしまったそうです。牛をそうして人間が無残に扱っているという罪悪感からでしょうか。少女は、人間が生きていくために、こんなふうに生き物を虐待《ぎゃくたい》し、その肉を食べておいしいなどと喜んでいる。自分の抱えている罪深さにおびえたのではないかと私は思います。

そうしたことはどこにいても体験できることでしょう。養鶏《ようけい》にしても、工場のように無理やり飼料《しりょう》を食べさせ卵をとり、使い捨てのように扱っていることはよく知られたことです。牛に肉骨粉《にくこっぷん》を食べさせるのは、共食いをさせているようなものです。大量生産、経済効率のためにそこまでやるということを知ったとき、人間の欲の深さを思わずにはいられません。

これは動物を虐《しいた》げた場合だけではありません。どんなに家畜を慈《いつく》しんで育てたとしても、結局はそれを人間は食べてしまう。生産者の問題ではなく、人間は誰でも本来そうして他の生きものの生命を摂取《せっしゅ》することでしか生きられないという自明の事実です。

ただ自分の罪の深さを感じるのは個性のひとつであり、それをまったく感じない人ももちろん多いのです。生涯《しょうがい》そのことに対する悪の意識なしで過ごす人が大半かもしれません。それが「普通」の人と言ってもいいかもしれませんし、それでいいのかもしれません。

こんな話も聞いたことがあります。公害病の母親が子供を産んだとき、子供のほうに有害成分が移り、結果的に母親の病状が軽くなるといったことがあったそうです。

最愛の子供にぜんぶ毒素を押し付けて自分は軽くなるという、なんという厳《きび》しいエゴの存在であることか。その母親自身がもっとも悲しんだにちがいありません。自分は毒素だらけになってもいい、子供だけは助けてほしいと願いながら、そうならざるをえないのです。

生きるために、われわれは「悪人」であらざるをえない。しかし親鸞は、たとえそうであっても、救われ、浄土へ往《ゆ》けると言ったのです。

悪人として

親鸞のいう「悪人」とはなんでしょうか。悪人とは、誠実な人間を踏み台にして生きてきた人間そのものです。「悪」というより、その自分の姿を恥じ、内心で「悲しんでいる人」と私はとらえています。

悲しんで、悲しみに打ちひしがれている人、という意味ととらえます。こころに大きな悲しみを抱《いだ》いて生きる人たちです。

われわれは、いずれにしろ、どんなかたちであれ、生き延びるということは、他人を犠牲にし、その上で生きていることに変わりはありません。先ほども書いたように、単純な話、他の生命を食べることでしか、生きられないのですから。考えてみれば恐ろしいことです。

そうした悲しさという感情がない人にとっては意味はないかもしれません。「善人」というのは「悲しい」と思ってない人です。お布施《ふせ》をし、立派なおこないをしていると言って胸を張っている人たちです。自信に満ちた人。自分の生きている価値になんの疑いも持たない人。自分はこれだけいいことをしているのだから、死後はかならず浄土へ往《ゆ》けると確信し、安心している人。

親鸞が言っている悪人というのは、悪人であることの悲しみをこころのなかにたたえた人のことなのです。悪人として威張《いば》っている人ではありません。私も弟と妹を抱えて生き残っていくためには、悪人にならざるをえなかった。その人間の抱えている悲しみをわかってくれるのは、この「悪人正機」の思想しかないんじゃないかという気がしました。

念仏は弱者の宗教です。悲しんでいる人間、ほかに行き場のない人間を救おうとします。

『歎異抄』という本は、その書名の「歎」、なげくということばの意味を理解しなければ、何もはじまらないように思います。

攻撃するでもなく、怒るでもなく、歎《なげ》くということ。現実に対しての、深いため息が、行間にはあります。『歎異抄』を読むということは、親鸞の大きな悲しみにふれることではないでしょうか。

『歎異抄』にあるのは、無限といってよい悲しみです。そこにふれるとき、私たちが日常関係している小さな悲しみは、その大きな悲しみに包《つつ》まれます。悲しみに対するものは悲しみなのです。

先ほどの東京タワーの見える病室の少女の悲しみを、もしわずかでもやわらげるものがあるとすれば、それはやはり悲しみでしかないかもしれません。その悲しみの暗闇《くらやみ》のなかに、一厘《りん》でも苦しみをやわらげられるものがあるとすれば、ともに悲泣《ひきゅう》することしかないのではないでしょうか。

往生とは

「悪人」とは、悲しみに満ちた、人間的な存在です。先ほどの病室の少女も、この存在であると、私が思うのは乱暴でしょうか。

その少女は、少なくとも、生きることを選んではいるのだと思います。生きようとする意志はある。悲しいことではありますが。その彼女をなんらかのかたちで支えてあげようとするのが宗教でしょう。

ただ信じるしかない。信じるというのは自発的な行為です。しかしそれは他力《たりき》でもあります。つまり「信じないではいられない」という気持ちです。

もうまかせるしかない、という感情。人間の痛みは、その痛みが納得《なっとく》いかないときと、その痛みを受容《じゅよう》しようとするときでは、痛みが変わるということは明らかにあります。痛みを引き受けようとしたときに、その痛みはずいぶんと楽になるといいます。

病室の少女にとっては、どうして自分だけが、という周囲への恨みを持つよりは、その痛みを受容する、受け入れるほうが、楽になる可能性はあります。肉体の救いは不可能でも、精神的な平安は可能であるかもしれません。人が挫折《ざせつ》したときとは、こころが折れたときです。恐怖心でしゃがみこむのではなく、歩きはじめられるかどうか。

もしその病室に法然が現れたらなんと言うでしょう。そのことを考えました。「できたら念仏しなさい」と言うと思います。「阿弥陀如来《あみだにょらい》は、あなたのような人を救うために、世の中に現れたのだ」と。そのことによって、あなたは浄土へ進むことができる、と言うかもしれません。

もし法然がそう言ったなら、少女はそれを信じるような気が私はします。宗教とは人間から人間へと直接伝えられるものなのですから。なぜ法然のことばを人びとは信じたのでしょうか。信じずにいられないような何かを法然が発していたからです。

なんの証明も保証もないことば。そこに立っている存在感、その人が発することば、その人のまなざしのなかに輝いている確信、そうしたものは伝わると私は思います。

ある遊女《ゆうじょ》が法然に「自分のような卑《いや》しい仕事をしている者でも念仏をとなえれば救われますか」と問いました。法然は救われると答えました。「できれば仕事はやめなさい。けれどそれができないのなら、暇《ひま》を見つけて念仏を忘れないようにしなさい」と。

それはそれは優しいことばです。大事なことは、遊女が法然のことばを信じたということです。それはことばを超《こ》えたものです。

この人は本当に信じてそう言っているんだ、この人がそう言っているのならついていこうと。

先ほどの病室の少女が、もし法然のことばを信じたならば、痛み、苦しみは半減するかもしれない。ひょっとしたら悲しみが喜びに変わる可能性だってあります。彼女は一心不乱《いっしんふらん》に念仏するかもしれません。そのあいだは、死の不公平を恨む気持ちはなくなるでしょう。とにかく念仏すればいずれ救われるのだ、という信念のもとに。

もはや祈るしかない彼女にとっては、祈ることが生きることなのです。

いずれ救われるということは、いまを救われるということです。救われないと思って痛みを抱えているのと、救われると思って痛みを抱えているのでは、生きる力が変わってきます。

「他力にまかせなさい」「阿弥陀如来があなたをしっかりだきとめてくれるであろう」「いまの苦しみはかならず解決されるであろう」と、法然は彼女に向かってはっきりと言うでしょう。

かならずやそう言うでしょう。しかしそれは法然でなければだめだと思います。あるいは親鸞でなければ。

希望があれば、人間は苦痛に耐えて歩いていけます。そして信仰の強さによって、肉体的なありかたも変化することさえあるかもしれません。

死の受容

ナチスの強制収容所に入れられた人たちの心理を、分析した例があります。最初はショックです。なんという運命だろうと。そして怒り。なぜ自分だけが苦しまなければならないのか。

逃れている人も、なんの咎《とが》も受けない民族もいるのに。次に悲しみ、そして諦《あきら》め、無力感。絶望感。そして最後に行き着くのが、「死の受容」です。つまり自分の死を運命として認め、受け入れることです。

もちろんそれには個人差があります。最後までのたうちまわり、呪《のろ》いながら死ぬ人もいるかもしれない。

ただ、強制収容所では、皮肉にも来《きた》るべき死を受容しないかぎり、生きることができませんでした。生命の本能として、一日を生き延びようとします。いまを生き延びようとする人間こそ、近づく死を受容するしかないのです。それができず自殺した人は、悲しみ、怒りのために生命がぽっきり折れた人です。絶望のなかでは、人は生きられません。

強制収容所にかぎらず、一般的に、生きようという意志が強い人ほど、死の受容という方向へ向かうのではないか、と私は思います。つまり、死を受容するという行為も、生きるという生命の意志、本能がなせる行為なのではないかと思うのです。

死を受け入れようとすること、それはとりもなおさず、生きたいという希望のあらわれではないか。

死を受け入れること、それは生を否定することではないのです。それこそが、生きる、生きたいという願いなのではないかと思うのです。

死を受け入れること。それもまたひとつの生への意志なのでしょうか。

奇跡

「慈悲《じひ》」ということばの意味はふたつあります。

「慈」ということばの意味は「がんばれ」という励《はげ》ましです。

もうひとつは「悲」ということば。「悲」（カルナー）ということは、何も言わないということなのです。そばにいてその人の手を握って、その人の怒りや苦しみが自分のほうに伝わってくるのを、一所懸命受けとめようとする。その無言の行為。それは「なぐさめ」ということです。

私はしばしば「はげましとなぐさめ」ということを話します。「はげまし」は、立ち上がる体力や気力が残っていても立ち上がるきっかけがつかめず道端《みちばた》に坐《すわ》りこんでいる人に、手を差し伸べて、「あそこまで行けばなんとかなる」「あの船に乗れば帰れる」と言うことです。

たしかに、頑張れと言われ、肩を貸してもらい、立ち上がれる人はいるでしょう。そしてともに歩いて、帰ってゆく船に乗ることもできるかもしれない。その場合には励ましはとても有効なのです。

だけど世の中には、立ち上がる気力もなく、もう立ち上がりたくないと思う人もいるのです。そうした人に「頑張れ」とは残酷です。あと数カ月の命、と宣告されているような人もそうです。

阪神淡路《あわじ》大震災《だいしんさい》で子供二人を亡くして悲しみにくれていた若い母親がいました。そこへテレビ局のレポーターが来て、「いまのお気持ちは」とか無神経な質問をしたあげく、別れ際「じゃ頑張ってくださいね」と言って立ち去ったといいます。その画面を見たかたが大変憤慨《ふんがい》されていました。もしそのとき、その母親がレポーターにこう言ったら彼女はどう答えたでしょうか。「いまあなたは私に頑張ってくださいと言いましたね。では私が頑張れば、死んだ二人の娘の命は返ってくるのですか」と。

そのとき頑張ってもどうしようもないのです。頑張っても娘の命が返ってくるわけではありません。つまり、「頑張ったって返ってこないものは返ってこないのだ」という事実がはっきりしている人に対し「頑張れ」というのはただの残酷なことばにすぎないのです。そこでは励ましは意味がないのです。

そこには、慈悲の「悲」しかないのではないか。「悲」とは何かといえば、そばにいて、ともに泣いているだけのことです。何も言わない。じゃまだと言われれば、黙《だま》って去るしかない。それでも、頑張れと言うよりはましだと考えるのが「悲」なのです。

この人のためにどうしようもできないというおのれの無力にため息をついて嘆き悲しむのがカルナーです。つまり人がおのれの無力さを痛感したときに生まれるものが「悲」という感情であり、この感情は仏教では非常に大事なものとされてきました。

　ですから本当は、その東京タワーを見て泣いている少女に対して、言うべきことばなどもうないのです。あったとしても彼女の哀《かな》しみを軽くすることなどできないのです。

　しかし、何も言わず、手を握りともに悲しみ、思わず涙をこぼす。そのことで彼女がつかのまの安心を得られるとしたら、本当にそれは素晴らしいことです。

　もちろんそれが方便《ほうべん》であったとしても。いや、だからこそ、それこそをわれわれは奇跡というのかもしれません。

浄土という場所

地獄と極楽

浄土《じょうど》ということばを考えるとき、一般にまず思い浮かぶのが、浄土思想家のひとり、源信《げんしん》の書『往生要集《おうじょうようしゅう》』でしょう。

『往生要集』は、源信が、平安時代中期（九八五年）に書いたものです。極楽《ごくらく》浄土と地獄のありさまを述べ、極楽へ往《ゆ》く方法、つまり念仏《ねんぶつ》を説《と》きました。そこでは、地獄と極楽の様子《ようす》が、もちろん源信のイメージする地獄と極楽ですが、驚くべき詳《くわ》しさで膨大《ぼうだい》な量のことばで描かれています。

血の池地獄。焦熱《しょうねつ》地獄。針の山。飢餓《きが》地獄。それはほんの一端《いったん》で、ありとあらゆる地獄のオンパレードです。いわゆる「地獄絵」に描かれているような地獄のイメージは、この本の影響が大きいといわれています。

女性への憧《あこが》れの地獄などというのもあります。

いわく、木のてっぺんに美しい女性がいるのが見える。木の枝や葉は鋭《するど》い刃物でできている。地獄に堕《お》ちた者は、なんとかその木の上の女性にたどり着きたいと、苦労し、血だらけになって刃物の木を登りつめると、不思議《ふしぎ》なことに、女性はいつのまにか木の根元に移っているではありませんか。あわてて木を下る。もちろんまた傷だらけ。木を下りてみると、どうしたことか、その女性はまた木のてっぺんにいます。それでまた傷だらけになって木を登る。

きりがない。これを永遠にくり返すのです。私などはさしずめこの地獄に行く可能性が高いかもしれません。

それに対して極楽浄土。

気温は暑くもなく、寒くもない。食べ物は手を伸ばせばどこにでもある。花や陽差《ひざ》しにあふれ、歳《とし》をとることもありません。永遠の若さのまま、いっさいの心配のない日が、未来永劫《えいごう》続くのです。

読んですぐわかることですが、ここで描かれている「地獄」は、生きているときのさまざまな欲望への執着《しゅうじゃく》が、かたちを変えて身を責めるというパターンであり、極楽は、生きていたときの、食べ物や寒さ暑さへの恐怖から、フリーになった状態であるといえましょう。生きていて飢餓や炎暑《えんしょ》で苦しむ人が、とりあえずそれがない状況を、極楽浄土と想《おも》っていたのでしょうか。

ただ、ここで描かれているような世界が、いまの私たちにとってはたして極楽かといえば、それは人それぞれだと思われます。ただ退屈なだけだ、という人もいるかもしれないし、介護《かいご》付き老人ホームの部屋のなかとどう違うのかときく人もありそうです。

これは中世の人びとのイメージした極楽像でした。戦乱にあけくれ、食べ物に不自由をしていた時代では、戦いがなく、腹が減ることもない世界こそが、本当に夢の国であったのでしょう。

地獄と極楽、両方に共通する要素は、「永遠に持続《じぞく》」することです。正確には、「永遠」とはいわず、「劫《ごう》」という気の遠くなるような長い時間です、ほぼ永遠に近い。

これは仏教の概念として、大変重要な意味を持ちます。というのは、仏教は基本的には原始仏教をはじめとして、「この世はすべて何ごとも長続きせず、絶えず移ろいゆく」という、「無常観《むじょうかん》」が根本思想になっています。ですから逆の、永遠に続く幸福、苦痛というものが、いかに今生《こんじょう》（現世《げんぜ》）とはかけはなれた、まったく別の世界であることなのか、これだけでもわかります。

永遠に続く苦痛、永遠に終わらない幸福。なんと恐ろしくまた素晴らしい世界であろうか、ということでしょう。

浄土教は文字どおり、この極楽浄土に往くための道筋《みちすじ》を示そうとした宗教です。その方法とは、「南無阿弥陀仏《なむあみだぶつ》」という名号《みょうごう》をこころからとなえさえすればよい。そうすれば、阿弥陀仏の力によって、阿弥陀仏の国、つまり極楽浄土へ往ける。これは、『浄土三部経《じょうどさんぶきょう》』という三つの経典《きょうてん》をもとに、源信、そして法然《ほうねん》が築きあげた考えかたです。

浄土はどこにあるか

この考えかたが生まれた源信、法然の時代には、「浄土」とはすなわち「極楽」のことであり、もちろん死んだあとに行く場所であるとされていました。つまり「あの世」の世界です。その具体的な場所とは、とにかく西のほうとされていました。「西方浄土《さいほうじょうど》」ということばもあります。

死んだら西のほうにある浄土へ往けるという考えから、実際に木に登って、西に向かってとびおり、死んだとされる僧の話も伝わっています。

しかし、親鸞《しんらん》は、「浄土」があの世にある、とは断定していません。死後の世界と浄土を明確には同一視していない。これは解釈によっても異《こと》なりますが、私もそう読めるし、同じ見かたをしている研究者も多いようです。

地獄についても、親鸞は「地獄は一定《いちじょう》」と言い、この世の中にすでに地獄は存《そん》在《ざい》する、いや生きることが地獄であるという考えを述べています。

親鸞は浄土の場所を明確には示していません。阿弥陀仏による救済《きゅうさい》によって浄土に往くことはできるとしますが、それが死後・存命中のどちらなのか、ましてやどこにあるかは、あえて明確にしていないのです。

人間がいなくなっても、それは人間の消滅ではない、生命の消滅ではない、それはまたひとつの流れのなかにはいって流れゆくのだ、と私は、考えます。

生命のエネルギーのもとに、分子のひとつとして生まれた人間が、出発点に戻る。生命の坩堝《るつぼ》に向けて、回帰していく。出発点に戻るのです。つまり死ぬということを「還《かえ》る」「帰る」というふうにとらえます。

そう考えれば死ぬということは恐《こわ》いことでも困ったことでもない気がします。

死ぬと迎えに来てくれるとされる如来《にょらい》は、「如来」という文字にあるように、「来」です。仏像は一般に坐《すわ》っていますが、阿弥陀如来は立っています。あの姿《すがた》は、こちらに歩いてくる姿なのです。

こちらから訪《たず》ねていってよろしくお願いしますというのではなく、むこうから積極的に歩み寄ってきてこっちの手を引っ張って連れて行こうとする仏さまです。如来とは「真実から来《きた》れるもの」という意味だそうです。

これに対し、如去《によこ》ということばもある。悟《さと》りを開いた者の背中を追っていくイメージです。

ブッダは、死後の世界の存在についての質問に答えなかった、と解釈されています。魂《たましい》はあるかという問いや、浄土はあるかという問い、死後の世界の存在にも、口をつぐんでいたとされます。

たとえばいま矢に射られて苦しんでいる人に対しては、その矢を抜くことが先決であって、魂の存在を尋ねることは、その怪我人《けがにん》に、その矢がどこからきたのか、なぜ矢が射られるようなことがあったのかときくようなことだというのです。その人の痛みを救うことが先だということですね。

しかし、いまの痛みを癒《いや》すためにこそ、たとえば浄土、天国ということばが必要なのではないでしょうか。私などはそう思います。

念仏をすれば浄土へ往ける、といいます。浄土は誰も往って帰ってきたこともなく証明は不可能なのに、法然はなぜそう言ったのでしょうか。あるいは人はどうしてそれを信じたのでしょう。

親鸞は言います。本当は、「みほとけとは光である」と。エネルギーであると。「姿もかたちもおわしませず」と。

「阿弥陀」の原語のひとつである「アミターバ」（無量光《むりょうこう》）とは無限の光の化身《けしん》、無限の時間、空間の意味です。光り輝く生命。その観念を、方便《ほうべん》として形にしたものが阿弥陀如来という仏だといわれています。

ブッダの死

ひとつの先人の死の例として、大変参考になるものがあります。

それはほかならぬブッダ（ゴータマ・シッダールタ）の死です。ブッダの死については、中村元《はじめ》氏が訳された『ブッダ最後の旅』、原著は『大パリニッバーナ経』という経典に詳しく記《しる》されています。インドのこの経典が、紆余曲折《うよきょくせつ》をへて、中国で翻訳され日本へと伝わったものが、原始仏教の「涅槃経《ねはんぎょう》」といわれるものです。別に「大乗涅槃経《だいじょうねはんぎょう》」と呼ばれるものもあります。

ブッダはその最期《さいご》をどのように迎えたのでしょうか。

ブッダは八十歳まで生きていたとされますが、死の直前、自分の死期を悟ったのか、クシナーラーに向かう旅に出ます。

その旅の途中で、遊女《ゆうじょ》を帰依《きえ》させたり、死の直接原因となった食事を提供した鍛冶《かじ》工のチュンダを許したり（というより「功徳《くどく》がある」としている）、重要で大変おもしろいエピソードがあります。

ブッダはこのチュンダから供《きょう》されたきのこ料理の食事のあと、激しい下痢《げり》、下血などの症状を覚えます。急性の食中毒と思われます。

ブッダは、自分が亡くなったあとに彼がその責任を問われる可能性を危惧《きぐ》し、他の弟子《でし》たちの前で、チュンダには責任はない、それどころか褒《ほ》められるべきだと語りました。

ブッダに最後の食事を供したのだから、ほかの供養《くよう》の食物よりはるかに果報《かほう》があり、すぐれた功徳がある、と。チュンダは幸福と名声を得、天に生まれることができると、この上ない賛辞を、くどいほどにくり返します。

旅の途中で体調を崩したブッダは、死期をはっきりと悟り、周囲に告げます。

さてブッダは、死に臨《のぞ》んで、何を考え、どうしたのでしょうか。

あらためて読んでみると気づくのは、みずからの死という現実を前にしたブッダの、あまりにも沈着冷静で、合理性《ごうり》をつらぬこうとする態度です。

ブッダは、これから自分は死ぬ、と明言し、そのあとの方針を語る。ちなみにその何日も前から、死ぬ時期について言っています。「生存の妄執《もうしゅう》は根絶された」という言葉もあります。

死を前にしてブッダの遺《のこ》したことば。

まず、自分が死んでも、すべては滅びてゆくものなのだから悲しんではならない。それは、無意味である。

それから、故人の崇拝《すうはい》につながるような、遺骨の供養、いわゆる葬儀はおこなってはならない。それより遺した教義に思いを凝《こ》らすべきであると。

この点は、現在の日本の仏教が「葬式仏教」といわれることもあるのを考えると、驚くべきことです。もちろん、現代日本の葬儀の意義とは異《こと》なるとしても。葬儀をおこなってはならないという理由は、ひとことで言えば、死んだ体はただの物体であり、なんの意味もないから、ということで、言われてみれば身もふたもありません。

ちなみに、よくいわれるような輪廻転生《りんねてんしょう》も、ブッダについて言えばないとされています。ブッダは輪廻転生のくびきから脱出するために、修行《しゅぎょう》をし、解脱《げだつ》したとされているからです。

その意味でも、亡くなったはずの者がまるでまだどこかに生存しているかのように生者《せいじゃ》が振舞《ふるま》う葬儀的行為《こうい》は、無意味であるとします。

それから自分の死体の洗浄《せんじょう》のしかた、火葬のしかた、分骨の禁止など、微《び》に入り細《さい》をうがって説明をします。

くり返されるその細《こま》かい指示には、ある執拗《しつよう》な意志が感じられます。ブッダは弟子たちにくり返しくり返し、厳《きび》しい態度でもってその作業を命じています。

それから、ブッダは「死ぬと伝えに行ってこい」と近隣の貴族へ使いを出す。これと前後し、大地震《おおじしん》が起こり、雷鳴がとどろいたともあります。

忘れてならないのは、このときすでに、病魔は圧倒的にブッダの体を蝕《むしば》んでいたことです。何度も下血をしている。きっとそうとう苦しかったと思われます。

しかしブッダは苦痛の声はほとんどもらしていない。

それどころか、後に記すように、幸福のただなかにいるように振舞う。徹底した冷静さのなかで。

そして死にます。そのありさまはあまりにあっけない。最期のことばは、

「さあ、修行僧《しゅぎょうそう》たちよ。お前たちに告げよう、『もろもろの事象は過ぎ去るものである。怠ることなく修行を完成なさい』と」(『ブッダ最後の旅』中村元訳)

という、いつものことばでした。

原始仏典《ぶってん》といわれるこの『大パリニッバーナ経』でさえ、完全にブッダの言動を記録しているわけではないとされています。そのため内容に矛盾《むじゅん》がある場合もあります。

ただはっきりしているのは、自身の神格化を頑《かたく》なまでに拒否しているということです。神格化・神話化されている文章の部分は、後世の人間の創作の可能性が高いと中村氏も指摘《してき》しています。

尊敬している人物の死については、神格化・偶像《ぐうぞう》化し、敬《うやま》いたいという気持ちは当然でしょう。ずっと後に出現する、仏像などはその最たるものです。

さてその最期に臨み、ブッダはどう自分の人生を総括《そうかつ》し、死を受け入れたのでしょうか。

ブッダが死に見たもの

ブッダの死の様子は、中国や日本でおびただしく描かれたいわゆる「涅槃図《ねはんず》」という絵でもあらわされています。これは『大パリニッバーナ経』や『涅槃経』で描かれたブッダの入滅《にゆうめつ》の様子をもとに、描かれたものです。

それにあたる文章は、全編のなかで、そして多くの仏典のなかでも、もっとも感動的な部分のひとつです。

ブッダは、自分の周囲の町を、風景を、そして人びとを、喜びとともに賛美します。その美しさを、楽しさを。


「アーナンダよ。沙羅双樹《さらそうじゅ》が、時ならぬのに花が咲き、満開となった。それらは、修行完成者（ブッダ＝自分をさす）に供養するために、修行完成者の体にふりかかり、降り注ぎ、散り注いだ。また天のマンダーラヴァ華（極楽浄土に咲くという花）は虚空から降って来て、修行完成者に供養するために、修行完成者の体にふりかかり、降り注ぎ、散り注いだ。天の栴檀《せんだん》の粉末は虚空から降って来て、修行完成者に供養するために、修行完成者の体にふりかかり、降り注ぎ、散り注いだ。天の楽器は、修行完成者に供養するために、虚空に奏でられた。天の合唱は、修行完成者に供養するために、虚空に起った」

（『ブッダ最後の旅』中村元訳）

ブッダは最愛の弟子アーナンダに向かっても、かつて住んだ場所、この世界の楽しさ、美しさを賛美します。

「アーナンダよ、〈王舎城〉は楽しい。〈鷲の峰〉という山は楽しい。ゴータマというバニヤンの樹は楽しい。チョーラ崖は楽しい。ヴェーバーラ山腹にある〈七葉窟〉は楽しい。仙人山の山腹にある黒岩（窟）は楽しい。寒林にある〈蛇頭岩〉の洞窟は楽しい。タポーダ園は楽しい。竹林にあるカランダカ栗鼠《りす》園は楽しい。（医師）ジーヴァカのマンゴー樹園は楽しい。マッダクッチにある鹿園は楽しい」（同）

同じことを、何度もアーナンダに語ります。

花が咲き、苦痛もなく、こころにのぼるのは、かつて過ごした町の楽しい記憶。ブッダの目のまえに、世界は光を放《はな》っている。ブッダの目に映《うつ》る世界のすべては、光り輝いているように思えます。

「涅槃図」では、暖かな光に満ち、花の降り注ぐなかで、多くの動物たちに見守られながら、死んでいこうとするブッダの姿が共通して描かれています。

ブッダの入滅《にゅうめつ》の、安心に満ちたこころの状態のことを、ふつう「涅槃《ねはん》」（ニルヴァーナ）と呼びます。『大パリニッバーナ経』では、くり返し「『師』（ブッダ）はこれから涅槃にはいられます」と弟子たちがそれを予告し、周囲に告知しています。

私は、このブッダの死のシーンを目にするたび、浄土についてのひとつのかたちとして思い起こさざるをえません。もちろんいわゆる「浄土」の観念はずっと後に中国、そして日本で考えられたものです。

ブッダは、『大パリニッバーナ経』では、死後の世界の愉悦《ゆえつ》についていっさい語ってはいません。ただ、眼前の世界の美しさ、楽しさという認識をくり返しくり返し、語っているだけです。

しかし、これは表現が難《むずか》しいところなのですが、私は「死」を目前にした者が、これまでの人生をふり返って、「良い人生だったな」と思うのと、ブッダの場合はちょっと違うと思うのです。

ブッダは、自分の人生をふり返っているのではありません。そうした表現は周到に避けられています。いま死に瀕《ひん》しながら生きていること、そのときに見えるものが、圧倒的に素晴らしいという認識のありかたを示しているのです。

絶対的な、いま生きている自己という存在の肯定《こうてい》。自己が存在するということの意味が、はっきりと受けとめられる、その認識にいたった瞬間の喜びを語っています。

私は『ブッダ最後の旅』のこの文章を読むたびに、これまで自分が何度か記してきた、人生の目的、人生の意味について考えざるをえません。

生存することの意味。

この世は生きる意味がある。生きる価値がある。その確かな自覚。

ブッダは、死の瞬間に、それをはっきりと見たように私は思います。そしてそのとき、世界は、まったく異《こと》なった相《そう》を現した。光に満ち、苦しさも、憎しみももちろんない、美しく、仏教の「無常」の概念を超《こ》えた、「永遠」に光り輝く世界です。

私は、死の前の総決算として、ブッダは自分にとっての浄土的なものが眼前にあるということを悟ったのではないかと思えてなりません。

人は死に臨んで、自分の生の意味をはっきりと認識できたときに、浄土を見ることがある。そのこころのありようがまず大事ではないか。

つまり、浄土とは、どこかにあると希求《ききゅう》するものではなくて、みずからのこころのなかにもある、ということです。

ブッダが死ぬとき、世界が美しく見えたということは、やはりその生涯《しょうがい》の果てという気がします。目の前に見える幸福、ということです。逆に、この世から去りつつあるときに、この世が地獄のように見える人もいるでしょう。

それまで、ブッダは世界が無常であり、空《くう》であると悟っていた。目に見えている風景は現象《げんしょう》でしかなく、実体としてあるものではない、自分の生《せい》もそうである。それが実感としてわかっていた。だから風景のような「色《しき》」（物質）は存在しない、意味がないという道理でした。

なのに、色《しき》もまた、こんなふうに美しいと思わざるをえなかった、というように読むことができると思います。色即是空《しきそくぜくう》をつらぬけばそうは感じないはずなのに。

一方で、空《むな》しさも感じていたと思います。自分がもし敬われるとしたら、このように天から美しい祝福を受けるからではなく、理法《りほう》に生きようとしているからだ、と言っています。

木も鳥も、その存在するものとはすべて空《くう》であるというのが彼の論理ではなかったでしょうか。しかしその両方の認識が本当だったと思います。

大いなるものに帰依《きえ》すること

さて、ここで私は自分なりの「浄土」の場所について考えてみたいと思います。

私は朝起きたときと寝るときに、小さな声で何回か念仏をとなえます。そのときのことばは、「南無阿弥陀仏《なむあみだぶつ》」ではなく、「ナームアミータ」です。

それは漱石《そうせき》のいう「則天去私《そくてんきょし》」という意識に近いのかもしれません。「私」というものは簡単には捨てられないけれど、Something Great、宇宙全体のなかで、自分の日々の営《いとな》みを動かすエネルギー、それにおまかせします、という誓いです。そのなかで生まれ、そのなかで死んでいく、という気持ちを述べたものです。

体のなかには六十兆個もの細胞《さいぼう》があるといいます。その細胞は、日々その一部が生まれ、また日々死滅していくものです。このひとつの身体のなかで、その誕生と死滅をくり返し、身体を支え、この人体宇宙《じんたいうちゅう》というものを構成、成り立たせています。死滅した細胞は、目に見えるものではたとえば皮膚のあかとなって消えてゆく。体内でももちろん同じことが起こっています。こうして絶えず死と再生がおこなわれています。

そう考えますと、その六十兆の細胞のひとつひとつが、宇宙とか自然のなかのひとつの細胞として、輪廻《りんね》しつつ、この身体を支えているわけです。再生しては消え、また生まれている。生命のなかに死と輪廻を抱《かか》え込んでいる。

「輪廻」ということばが仏教的に括《くく》られるのはいやなのですが、訪《おとず》れ、去り、また還《かえ》ってくるということ、親鸞《しんらん》はそれを「往還《おうげん》」といいました。

自分という存在も、ここで或《あ》る働きをして、そして姿を消し、死滅し、海に還る。そしてまた新しく生命が生まれ変わっていく。またこの地上に訪れ、川のなかの一滴として海へ還ってゆく。その川の流れの過程にある。いまや海に向かってゆうゆうと流れている段階でしょうか。

青春期は、雨となり雪となって地に降り注ぎ潤《うるお》し、渓流《けいりゅう》となって流れてゆく段階。中年期はだんだんと太くなる川の流れ。老年期は、大河がゆっくりと河口に向かって流れてゆく状態。

それは、還るべきところに還ってゆくのですから、「死」というような消滅の概念ではないのです。自分のホームに帰ってゆく。故郷《ふるさと》に帰ってゆくというか。人間の、生命の故郷へ。

ガンジス河で人が流される場面を見たときにも、私はそう思いました。親鸞が言った、死んだらこの身を加茂《かも》川に投げ入れよ、ということばも連想しました。河へもどす、ということは、その河は海に向かっているのです。生命の河に向かって帰還《きかん》する。生命の海に還る。

私には、生命の河のイメージがあります。激流ではなく、ゆったりとした流れ。そのなかの一滴として自分という実体がある。生命について考えるときには、常にそのイメージを考える。海はフランス語ではメール、母ということばとも重なります。母のふところに抱《いだ》かれる、温かい、やわらかな世界。

そしてその海には、ありとあらゆる河が流れこんできている。工場廃水《はいすい》も、公害の水銀も含まれているかもしれない。清らかな水もはいってくるでしょう。海は分け隔《へだ》てなくすべての流れを受け入れます。拒絶《きょぜつ》しないもの、それが海です。海は流れこんでくるものを差別しない。選択しない。混沌《こんとん》とした世界。海のなかにも川が流れてゆくイメージです。そこが私にとっての浄土の場所です。

私は、「浄土」にも、汚《よご》れたものがはいりこんでいると思います。それを浄化《じょうか》する、海。

浄土とは、清らかな場所というより、浄化する力ではないでしょうか。汚れた魂をも浄化する場所。自分の体のなかにある汚れた化学物質も、そこで浄化されるような。そしてまた温められて蒸発して水蒸気《すいじょうき》となる。それが私の具体的なイメージなのです。

死と花

終戦後の朝鮮半島からの引《ひ》き揚《あ》げのなかで、このような出来事がありました。引き揚げは、後半ともなると、内陸部にいたために帰国に時間のかかった人や、女性など後まわしにされた立場の弱い人が多くなりました。時間がかかっているため、余計に多くの治安の悪化による被害を受けた人たちです。精神的にも肉体的にも疲弊《ひへい》しきった人たちです。

舞鶴《まいづる》や博多《はかた》、長崎などで、上陸してきた女性たちを診察すると、かなり多くの割合で妊娠していました。地域によっては、ある世代の女性たちの数十パーセントにのぼったといわれています。

もちろん、暴力によって、自分の意思とは関係なく妊娠させられたのです。それを検査する側では、「不法妊娠」と呼びました。

妊娠がわかった人たちは、トラックなどで施設に運ばれます。何かの寮だったような、剝《む》き出しのコンクリートの部屋で、ボランティアの医師たちが、堕胎《だたい》手術をするわけです。

麻酔薬も不足しているなかで手術しますので、大変苦しんだそうです。また当時は堕胎罪がまだ存在していました。医師も、本来ならその行為が公《おおやけ》になれば、法律を犯《おか》したとして、医師免許を失います。若い医師と看護婦さんたちの有志は、そうした状況を見捨ててはいられないと、あえてその手術をおこないました。

福岡では、そうして大量に処分された胎児《たいじ》たちを、ある場所の桜の木の下に埋めたといいます。

私は、その埋めたという場所を訪ねました。

案内してくれた元婦長さんによれば、そのあたりにはたくさんの桜が、毎年とても美しい花を咲かせたということです。いまはもう桜はなくなっていました。胎児たちの死は、そうして花となって命をつないだというふうに思えました。

西行《さいぎょう》も自分の死を、桜の花に寄せて歌に詠《よ》んでいます。日本人は、古来、植物に、死と再生のイメージを結びつけることが多かったのでしょうか。

他力の声と死

トルストイは晩年、家出をし、駅舎で亡くなったといわれます。ブッダも旅の途中でした。芭蕉《ばしょう》も常に旅の途中での死を覚悟していました。かつては四国の遍《へん》路《ろ》の途中でも亡くなったかたがたくさんいたといいます。路傍《ろぼう》にそのかたたちの墓があります。

私は、そうした行き倒れ的な死が、人間の死にかたとしてひとつの理想であると思ってきました。

人間の一生を、古いインドでは学生期《がくしょうき》、家住期《かじゅうき》、林住期《りんじゅうき》、遊行期《ゆぎょうき》と分けるそうです。若いころは学び、それから家族と住み、そして引退をするとひとり林のなかのような寂しくも静かな処《ところ》に住む。

そして最後に老人になると、その場所から出て、死に場所を探《さが》して旅に出、旅のさなかで死ぬものだとされる。

子供のころよく言われたことに、アフリカの猛獣たちが、みずからの死期を察すると、群れから離れ姿を消すという話がありました。私はそれもうらやましいと思っていました。

自分も、旅のさなかで死ぬことが理想ではあります。どこかのビジネスホテルや旅館などでひとりで死ぬ。または乗り物のなかで。しかし現代では、冒険家でもないかぎり、とても難しいことでしょう。

いま私はひとつの長い小説を準備しています。しかし、その小説が出来上がらないうちには絶対に死にたくない、とは思いません。作家のかたによっては、いま執筆中の作品が終わるまでは生かしてほしいと祈るかたもいらっしゃるそうです。私はそうは思いません。天命というか、他力《たりき》のはからいによって、書くべきなら書けると思うのです。

頑張って親鸞を書けよ、おまえ以外に書く人はいないよ、という声があれば、放《ほう》っておいても長生きできる、死のうと思っていても死ねない、と思うのです。他の誰かが書くからもう引っこんでいいよ、という声が聞こえたら、それに従うつもりです。

百寺巡礼《ひゃくじじゅんれい》の旅は終えることができましたが、五十寺を超《こ》えたころが肉体的にもっともしんどかったのです。あのとき、百寺全部を回らせてくれるという天のはからいがもしあれば、背中を風が押してくれ、いやでも回れるようになるだろう、と思っていました。

五十寺で立派なもんじゃないかという他力の声が聞こえてきたとしたら、無理して回るつもりもありませんでした。もしテレビ局の問題、スタッフの都合、私の健康状態などで番組がたちゆかなくなったとしたら、私はそれを他力と考えるわけです。

ですから百寺を予定どおり回れたということは奇跡のようでした。何かの力が自分の背中を押してくれたと思わざるをえません。それは迷信というわけではなく、実感として確実にそう感じることができるのです。

その「他力の声」とはいったい誰が発しているものなのでしょうか。

それはアミータ、阿弥陀《あみだ》です。というより、仮に阿弥陀如来《にょらい》の形をとっていますが、親鸞の言うように、本当は仏さまというものは実体がないものなのかもしれません。宇宙のエネルギーの元、それに意志があるのだと考える。物理的なエネルギーとしてだけではなく、意志があるのだという。ひとつの生命なのだと、考えるのです。大きな生命体です。

生命体というものは、何かを志向しているものです。体のなかの細胞に対して人間の体が、もうおまえはいいよ、ということもあるでしょう。その生命体のことを、「神」といったり、「仏」といったりするのではないでしょうか。

宇宙の根源にある無限のエネルギーを「アミターユス」(無量寿《むりょうじゅ》＝永遠の生命)ともいいます。それはどこかに無意味に存在しているのではなくて、ある生命として存在していると考えます。

それは、宇宙に存在しているのでしょう。しかし「宇宙」とはなにもこの空の上ということばかりではありません。宇宙とは、この爪《つめ》の先、髪の毛、あるいは鉛筆の先にも存在しています。あるいは、空中にも。この地上に存在するものは、すべてそのもののあらわれであるといえます。

なぜものにはエネルギーがあるのか、ものには生命があるのか。鉄も腐食《ふしょく》し、酸化していきます。錆《さび》となって、くずれていく。鉄でさえ、命を生きているのです。それは命の周期、サイクルです。そのサイクルというものは、先ほどの往還《おうげん》というものにつながります。

寿命《じゅみょう》の「もういいよ」という声は昔は阿弥陀さまの声であると思ったのでしょう。神の声が聞こえた、というのはそういうことかもしれません。神勅《しんちょく》を得た、ということです。その声が聞こえる者が、巫女《みこ》とされていました。シャーマンの聞く声です。

命あるものには意志がある。この世の中は命あるもので満ちている。命あるもののおおもととは何か。自分も末端にあるひとつの細胞であると考えれば、アイデンティティの問題はそこに帰《き》するわけです。それは永遠不滅のアイデンティティを持っていることになります。生きていても還《かえ》る場所がある。死んでも還る場所がある。

大いなる意志

これまで語ったことは、はっきりといま私が実感として、感じていることです。私はそれを、光をまぶしく感じるように、感じます。

感じた人間のオリジナリティではなくて、光があるからそう感じるのです。物音が聞こえたときは物音のほうに音の主体があるのであって、聞いた者の感受性の問題ではありません。感じられるということは、それを感じさせるものがあるのだと思います。

いつごろからそれを感じはじめたのでしょうか。私は、人間は最初から感じているのだと思います。感じてはいても、余計な知識や常識が、その感覚を包《つつ》み隠しているのではないでしょうか。その風呂敷《ふろしき》の結び目が、少しずつ解けてゆくのです。

いまになって、あ、これは昔から感じていたのだ、と思うのです。少なくとも、子供のときにはっきり感じていました。渡り鳥の帰巣《きそう》本能も、潮の満ち干も、不思議でしようがなかった。鳥は誰に導《みちび》かれて帰るのでしょうか。宇宙の意志を鳥は感じているのだと思っていました。そのときに目に見えない大きな意志があることを感じました。

この意志のことを、「神」ということばでいったり、「仏」ということばで表現したりしたのだと思います。「天」ともいいました。

天という天体的な概念に意志があったということは、一見荒唐無稽《いっけんこうとうむけい》のようでありながら、じつに正鵠《せいこく》を得た思想でありました。「天が見ている」、というとき、本当に天は見ているのです。

いずれにしろ、逆らいがたいもの、自分の力を超えたものがある、という感覚は、いやおうなしにありました。それは努力をしたかどうかを超えたものです。

人間がどこに、どんな環境のもとに生まれてくるか。それはその人間の努力にも、善悪にも関係がありません。

裕福な家庭に生まれて産湯《うぶゆ》を使うか、サラエボの戦場で弾丸の下に生まれてくるのか。つまり、逆らえないものがある。子供時代のクラスでの才能のあるなしを見ても、私は自力《じりき》の空しさをいやおうなく感じていました。絵もへただし、背も大きくはない。運動神経もそうでした。

死はもっとも典型《てんけい》的に、自力にては絶対に避けることのできないものです。生まれてから百何年までのあいだに、かならず訪れます。これを拒絶することはできません。

人生には、どんなに正義と真心《まごころ》と愛情をもって生きたとしても、拒絶できないものがあるのです。それを運命の力と仮にはいえるかもしれません。

その思いは、母親、そして弟をなくして、その死の様子を見てからいっそうつよく感じるようになりました。なぜこの人は死ななければならないのか。死を逃《のが》れることができないのか。

死は避けられない。これだけはっきりと逆らいがたいものがあるのを目にしたとき、目の前に大きな存在と意志があることを感じずにはいられませんでした。

自己の力の限界というものも、死というものに対面したときにもっとも明瞭《めいりよう》になります。自己の善行《ぜんこう》も努力も、死の順番を変えることもできず、まったくの不公平であり、理不尽《りふじん》であり、もちろんそれをなくすことはできない。自力のはいりこむ余地はありません。

健康法は生きていくためのコンディションを良くするということであって、それによって天寿《てんじゅ》を変えることはできません。二十歳で死んだ人は、二十年が天寿だったと理解するしか、納得《なっとく》する術《すべ》がありません。

死期の順を変えたり、生き延びることどころか、自分の死期を知るという最低限のことさえ、人にはできないのです。

緩慢な自殺

生きているということは緩慢《かんまん》な自殺だと思います。

生まれてくるということは、死を選択させられたということです。死の到来を知りながら生きていること、それは緩慢な自殺ではないでしょうか。処刑が決まっているのとある意味通じます。わかりきっている死を、どう受けとるか。

私は、やはり大きな新しい生への帰還というふうにしか考えようがない気がします。それで納得し、ある程度安らかに死を迎えることができるのなら、そうしたいです。天地、宇宙のエネルギーの源泉である海に還るという想像力を極限まで働かせて。それは想像力が非常に必要です。

手術が成功した、治《なお》った、とはよくいう言いかたです。私は病気は基本的に治ることはないと思っています。いま、抑《おさ》えているだけです。病院に行かなかったために十年生きる命が五年に縮まったとしても、それは仕方がないと思っています。

死ぬ、という意味には、やはり「楽になる」というニュアンスが大きい。「お兄ちゃんもうすぐ楽になるからね」と言います。ゲーテの詩のなかに、「待てよかし、やがて汝《なれ》(おまえ=ここでは自分をさす)もまた憩《いこ》はん」というフレーズがあります。死は憩いである、という考えかたです。やがて安らかな場所で、ゆったりと穏《おだ》やかに眠れるのですよ、と言っているのだと思います。その「憩える場所」を、浄土ともいうような気がします。花が咲き、天女《てんにょ》が舞っているなんて、そんなものを見るのは面倒くさいけれども。

世の中には、生きていることが辛《つら》くて辛くてどうしようもなくても、自分の子供や係累《けいるい》のために死ぬに死ねない人がたくさんいます。死を選択できるということはそれだけでも自由な人といえるかもしれません。私も戦後の混乱のなか、自分の家族のことを思うと死ぬわけにはいきませんでした。そうした人たちの願いの第一は、やはり安らかになりたいということでしょう。

天寿

自分にも、天寿、天から与えられた命をまっとうしたいという考えはあります。自分の天寿が八十なのか六十なのか。

天寿はわからない。親鸞は夢告《ゆめつ》げによって、あと十余年の命、と告げられたそうです。のちに、夢で告げられた歳《とし》に近づいたことが、比叡山《ひえいざん》からの下山のひとつの理由ともされています。親鸞はそれを信じました。自分の天命はこれで終わる、と。そしてその後は余命と考え、思い切った行動がとれたという考えです。いったん死んだつもりで比叡山を下りたのだと思います。

死ほどわかりがたいものはない。吉田兼好《けんこう》の言うように、死は前にあるとはかぎらず、ふと気づけばすぐ後ろに控えていて、ぽんと背中を押されて死んでしまうのかもしれません。私も明日《あす》死ぬかもしれない。どんなに意を凝《こ》らして、自分の天寿を知りたいと思っても、それはできません。

じつは私は、何度も、自分の寿命を知りたいと、その感覚を得ようといろいろ試《ため》してみましたが無理でした。

自分の死期を、感じ取ろうとしたのです。自分のこころのなか、体のなかに問いかけて、それを透視《とうし》できないかと本気で考えたのです。感覚としてわかるのではないかと思ったのです。

あと五年大丈夫《だいじょうぶ》なのか。二十年大丈夫なのか。いやもうまもなくだとか。予感を得られるのではないかといろいろ努力してみましたが、無理でした。それでも暇《ひま》さえあれば試《こころ》みていました。

人間はふつう、八十歳になっても、明日死ぬとは思わないものです。尼崎《あまがさき》の鉄道事故（二〇〇五年）でも、私が仕事で長年お世話になっていたかたが亡くなりました。その知らせを聞いたときには、感無量《かんむりょう》というより、人の命というものは本当に明日をも知れぬものだなと思いました。

訃報《ふほう》を聞くことも多いですが、聞いたときはびっくりするよりも、あ、先に逝《い》ったんだな、いずれこっちも逝くからな、と思うようになりました。亡くなったかたも、先に逝っているからな、と言っているように感じるものです。

生に対する執着《しゅうじゃく》がなくなってきたわけではありません。死が、生の終わりだと思わなくなってきたからです。海へ還ってゆくのですから。海へ還ってゆくときに、その意識がなくてもかまわないのです。大きな意識のなかに溶けこんでゆくのですから。

天地自然のエネルギーのもとに還る。自分というちっぽけなものが、そのなかに包まれて溶けこんでゆくのです。それはひとつの憧《あこが》れです。人間というものは、個でありたいと同時に、個を超えたいという気持ちがあるものです。

自分の個性、それから実績もすべて溶けこんで消えてしまう。それはある意味で大きな歓《よろこ》びだと思います。天と地と、宇宙の一部になっていくということは、なんと素晴らしいことだと私は思います。

ただそのためにこそ、自分の「悪」を自覚していなければいけないと思うのです。何度も記しましたが、私は、朝鮮半島からの引き揚げの過程のなかで、引き揚げて生き延びた者は、なんらかのかたちでかならず悪人である、と思ってきました。自分も悪にまみれた人間である。そのように悪にまみれた人間が、大きな流れのなか、ピュアランド（浄土）のなかで浄化されてゆく。こんなにありがたいことはありません。

天寿ということばより、いま生きているわたしたちにとって重いことばに、「天命」ということばがあります。さらにページを改めて考えてみたいと思いますが、「天命」には、天から与えられた使命という意味と、天から与えられた命

（の限《かぎ》り）というふたつの意味があります。もともと仏教の用語で、「大蔵経《だいぞうきょう》」にある仏典の『原人論《げんにんろん》』に出てきます。

しかし、そのふたつの意味は、別のものではないと思います。自分の使命が終わったとき、それが命の終わってもよいときです。

「天命を知る」

そのことが生きていく大きな理由のひとつであるような気がしてなりません。

月の光

私は、過酷な過去の経験から、現在毎日ご飯を食べられるたびに感激していま す。雨の降らないところでベッドで休めることに感謝しています。

どうしても現在の暮らしに慣れることがありません。瞬間的に過去にタイムスリップします。不味《まず》いものを食べたときでも、五十年前にタイムスリップし、冗《じょう》談《だん》じゃない、あのときは嬉《うれ》しくて涙ながらに食べていたじゃないか、と思い返すのです。

それは、過去のことを忘れてはいけないと、自分に言いきかせているという面もありますが、実感として過去のその場面に立ち返ることができます。宿《やど》に泊まったときでも、手足を伸ばせるだけで幸せだと思います。贅沢《ぜいたく》なものに慣れることができない。

本当に明日、私も倒れるかもしれません。ただ今日《こんにち》まで、たとえば百寺を予定どおり回れたことも、他力のはからいと信じ、また感謝しているということが、また他力に助けられることになるようにも思います。天に「すべて回れ」という意志があれば、きっと回れると信じていました。

私は朝目がさめたときと、寝る前に、「きょう一日をありがとうございます」「きょう一日ありがとうございました」と声に出して言います。それが私にとっての念仏のことばなのであり、念仏とは感謝だと思います。北陸の老人などは、お茶を出されても南無阿弥陀仏と言いますが、それは「ありがとうございます」ということです。

宗教に対する原初の感覚、信頼。宗派《しゅうは》の別なく仏、神を感じているかどうか。おのれを超えるものに対し、その存在を感じていること。それが祈りであり、なんらかのかたちで、人は皆《みんな》それを感じているのではないかと思います。お守りやお札《ふだ》を簡単には捨てられないという心理です。

天地のなかには、目に見えない世界があるのだということを、感覚として予感しているということ。その信仰《しんこう》的原形質《げんけいしつ》にかたちを与えてゆくのが宗教なのでしょう。

私が九州で子供のころ、両親の住んでいる村から、夜、山を越えて何度か隣の村に歩いて使いに行ったことがありました。深夜のことでもあり、漆黒《しっこく》の山道は恐ろしいものでした。途中で提灯《ちょうちん》の火も消えました。道の右側は断崖《だんがい》で沢へ落ちこんでおり、左側は切り立った山肌《やまはだ》です。私は歩きながら、恐《こわ》くて何度も足がすくみそうになりました。左側の木にしがみつきながら、右側に落ちないように必死に歩いていました。

そのとき、雲のあいだから、月の光が差してきて、一瞬、足もとを照らしました。道が見えます。そしてやがて遠くに、めざす集落の明かりが見えたのです。するといままで歩けないほど疲れていたのに、歩く気力がわいてきました。

この月の光、遠くに見える人家の明かりというのが、宗教の役割だと思います。月の光によって、荷物は軽くなったでしょうか。距離は近づいたでしょうか。そんなことはありません。何も変わってはいない。

にもかかわらず、先ほどまでは闇《やみ》のなかで恐怖におびえ、足がすくんで動けなかったのが、いまは、この道を行けばいいのだという安心感と、あそこまで行けばいいのだという目的地の道筋に励《はげ》まされて、歩いていくことができる。

宗教もそれに似ているように思います。宗教を信じて病気が治るか。私は、それだけで治ることはないと思います。

それは、背負《せお》っている荷物が軽くはならないのと同じです。しかし、宗教によって、肩にくいこむ重さは変わらないのに、歩いていくことができることがあるのです。

宗教の力は、距離を縮めてくれるのではありません。荷物を代わりに持ってくれるとか、車を用意してくれるのでもありません。

つまり、人生の苦しみを軽くしてくれるものではない。人生の不安を取り去ってくれるものでもない。

しかし、その苦しみと重さと不安のなかで、歩くエネルギー、勇気と生きる歓《よろこ》びを与えてくれるものだと思うようになりました。天寿の尽きるまで、こうして歩いていくのが人間なのではないでしょうか。

天命について

軍国少年の命

人間の命ということについて、ずっと考え続けてきました。

ずっと、というだけでは足りないような気がします。ずっと、ずっと、長年そのことを考えてきた、と言ったほうがいいでしょう。

これは決して偉そうなことを言っているのではありません。本当に正直なところをお話ししているのです。

人間の命、と言いましたが、実際には、自分の命、のことです。

ふり返ってみますと、この自分の命について真剣に考えはじめたのは、中学生になる前の小学校六年生のころだったように思います。

その当時、日本は大きな戦争のまっただなかにありました。若い学生も教室を離れ、銃を持って戦場へ向かう。家庭の主婦たちも竹槍《たけやり》を構えて、敵兵を刺殺《しさつ》する訓練を受けた時代です。

母は私に、将来は医学の道に進んでほしかったようですが、世の中はとてもそんな雰囲気《ふんいき》ではありませんでした。

父は私がやがて軍人になるだろうと思っていたようです。進んで志望しなくても、かならず戦場へ向かうことになるのが、当時の男の子の運命でした。

小学生が、祖国のために、などと考えることは、いまでは不思議《ふしぎ》に思われるかもしれません。しかし、そのころはごく自然にそう考えていたのです。

教育というものは、本当に恐ろしいものです。明治以来の国民教育は、小学生のこころにまで深くしみとおっていました。

お国のために命を捧《ささ》げる、戦場で立派に戦って死ぬ、それが少年たちの未来でした。

十二、三歳のころの私もそう信じていました。そして、どのような進路が自分にあるかを、日夜、真剣に考えました。

二〇〇三年に、『13歳のハローワーク』という本が話題になりましたが、どのような職業と進路があるかを、自分のこととして考える若者たちの、大きな関心を集めました。

戦争の時代にも、その時代なりの『13歳のハローワーク』がありました。私もいろんな情報を集めて、自分の進路を探《さが》しました。

一日も早く兵士となって戦場に向かいたい。愛する祖国と家族を守るために、立派に戦いたい。そんな思いに駆《か》られる少年たちのために、当時は少年兵という制度があったのです。

少年戦車兵、という進路がありました。陸軍の少年飛行兵を受験する道もあります。海軍なら予《よ》科《か》練習生というコースが花形でした。エリートコースをめざすなら、陸軍幼年学校です。旧制中学一年か二年で受験できました。そこを卒業して、予科士官学校、士官学校、というのが、職業軍人のための定番でした。そのほかにも十代で選べる軍人への道は、さまざまなものがあったのです。

どうして軍人なんかに、といまの時代の少年たちは奇妙《きみよう》に思うにちがいありません。まして天皇陛下《てんのうへいか》のため、国のために命を捧げるなんて——と。しかし、そういう時代だったのです。わずか五、六十年前の日本は、すべてそんな雰囲気でした。

戦争や時代に批判的な人たちも、たしかにいたでしょう。だが少年たちの耳には、そんな少数者のひそかな声は届《とど》きません。

そのころのヒーローは、ほとんどが軍人でした。西住《にしずみ》戦車隊長、加藤隼《はやぶさ》戦闘隊長、穴吹《あなぶき》軍曹などの名前が、本に、歌に、映画にもなって少年たちのこころをときめかせたのです。

絵本も、小説もそうでした。いまでいうマスメディアのすべてが、戦争のためのキャンペーンに参加していたのです。

具体的な死

そんな風潮《ふうちょう》のなかで育った私も、また真剣に自分の進路を考えました。私は幼いころから飛行機が大好きでしたから、できれば航空兵になりたいと思っていました。それも通信兵や、爆撃手などではなく、操縦士を夢見ていたのです。

しかし、戦争が次第《しだい》に不利になっていきますと、各地から日本軍守備隊の玉砕《ぎょくさい》が伝えられてきます。

玉砕とは当時のマスコミ用語で、全滅することです。そのなかで無謀《むぼう》な特攻作戦が実行されました。特攻作戦とは、カミカゼ攻撃のことです。爆弾を抱《かか》えた飛行機で、敵の目標に体当たりをする。若い飛行兵たちは、祖国のために性能の劣る飛行機を駆《か》って、次々と敵艦に突っこんでいきました。

もはや大空を自由に飛びまわって、華やかな空中戦をくりひろげる時代ではなくなってきていたのです。

そんななかで、「十三歳」の少年たちも真剣に自分たちの進路を想像しなければなりませんでした。私もそのひとりでした。いまから航空隊を志望し、操縦士となることは、特攻隊としてカミカゼ攻撃に参加することになる。しかし、自分は本当に国のために死ねるか。この命を捨てることができるのか。

私のこころのなかに、「死」という感覚が大きくクローズアップされてきたのは、まさにそのときでした。自分のこの命、ということを現実の問題として想像せざるをえないところへ追いつめられたのです。

夜も、昼も、真剣にそのことを考えました。抽象的《ちゅうしょうてき》な死とか、観念としての命ではありません。もっと具体的な問題です。

少年の私が、いちばん思い悩んだのは、自分が立派に死ねるか、ということでした。少年のころの私は、とびぬけて勇気のある子供ではありませんでした。小学校にはいりたてのころまで、夜中に暗い便所に行くのが恐《こわ》くて、つい寝小便をしてしまうような弱虫だったのです。

それだけに私にとって最大の気がかりは、特攻隊の一員として選ばれて、出撃し、アメリカ軍の艦隊を発見して攻撃に移るときのことです。

敵の空母や巡洋艦に目標を定めて反転し、急降下に移る。雨アラレの対空砲火に撃墜されず、幸運にも目標を捕捉《ほそく》できたとして、迷うことなく一直線に突っこんでいけるだろうか。

ひょっとして恐怖のために、握った操縦桿《そうじゅうかん》を無意識《むいしき》にひねって、体当たりする前にコースアウトしたりはしないだろうか。それが何よりの不安でした。

直撃した瞬間には、痛みなどは感じないにちがいない。しかし、その一瞬、爆発とともに、この自分が、自分の命が消滅する。それはいったいどのような感覚なのだろう。

そして、死の出撃命令を基地で待ち続ける日々の思いは？　飛び散った自分の体から魂《たましい》はいったいどこへ行くのか。祖国に捧げた命は永遠だという。しかし、命が永遠だということは、死んでも失われない何があるというのだろう。

いま、この平和な時代に思い返してみると、なんとなく滑稽《こっけい》な気がしないでもありません。しかし、私にとって真剣に死とか命とかいった問題を、思索《しさく》としてでなく、現実のこととして考えたのは、たしかにそのときがはじめてでした。

憩いとしての死

やがて戦争が終わります。その日から平和で明るい時代がはじまれば問題はなかったのですが、そうはいきませんでした。

教師だった父とともに、私はそのころ日本が植民地として支配していた朝鮮に住んでいたのです。敗戦は平壌《へいじょう》、いまのピョンヤンで迎えました。

敗戦から日本本土に引《ひ》き揚《あ》げてくるまでの期間は、いまは思いだしたくないことばかりです。たくさんの死と、命の不思議さを、今度は目のまえにまざまざと見せつけられたのです。

やがて故郷《ふるさと》に帰国してからも、命と死の問題は私のこころから離れませんでした。父も、母も早く世を去ります。

中学から高校にかけての時期、私は自分の体にひそかに病気が進行していると感じていました。自分の命も、それほど長くはもたないのではないか、と考えていたのです。ロシア文学などを拾い読みするようになったのも、そのためかもしれません。

中学三年のころのことです。いまにして思えば、本当に恥ずかしいことですが、書店で一冊の本を万引きしたことがありました。それはゲーテの詩集で、高橋健《けん》二《じ》さんが訳された本でした。店頭でページをめくっているうちに、ひとつの詩の一節に目が釘《くぎ》づけになってしまったのです。

どうしてもその本を手放《てばな》すことができません。といって、それを買うお金もありませんでした。気がついたときには、カバンのなかに押しこんで外へ出ていました。その日、耐えがたいような夏の陽《ひ》が舗道から照り返していたことを、いまでも罪の意識とともにまざまざと思いだします。

その詩の一節は、たしかこんなふうな文句だったように記憶しています。

待てよかし、やがて

汝《なれ》もまた憩《いこ》はん

そのときは、まだその詩の意味が正確にはわかってはいませんでした。しかし、感じとして、なんとなくこころに深く伝わってくるものがあったのです。

ここでの「汝《なれ》」とは前にも述べたように「自分」のことをさしていますが、ここで「憩《いこ》う」ということの意味は、たぶん命が終わって、静かに墓に眠ることではないだろうかと考えました。

死を「憩い」として思う、そのことが当時の私にとっては、なんともいえない安らぎとして感じられたにちがいありません。

生きることは苦しい、しかし、もうしばらく我慢しなさい、やがて静かで穏《おだ》やかな憩いのときが訪《おとず》れてくるのだから――。そんなふうに受けとって、それまでの焦《あせ》りや、苛立《いらだ》ちが少しずつおさまってくるような気がしたのでした。

しかし、本を盗んだということに対する自責の念は、小心な少年にとっては苦しいものでした。数日後に、その本をカバンにしのばせて書店に返しにいったのです。盗むときとはくらべものにならないほど緊張《きんちょう》したのは言うまでもありません。

二〇〇四年、百寺を回る旅のなかで、京都の法然院《ほうねんいん》を訪れました。静かな、本当に良い寺でした。少し離れた裏山のほうに、谷崎潤一郎や、稲垣足穂《いながきたるほ》といった文学者たちの墓があります。

その一角に、哲学者《てつがくしゃ》の九鬼周造《くきしゅうぞう》の墓があり、その墓碑《ぼひ》にこう刻まれているのが目にとまりました。

見はるかす山々の頂《いただき》
梢《こずえ》には風も動かず　鳥も鳴かず
まてしばし　やがて汝も休《やす》らはん

九鬼周造という人は、京都在住のすぐれた哲学者でした。名著『「いき」の構造』は、いまでも長く読み続けられています。

その墓碑に刻まれた詩を目にしたときは、ドキッとしました。盗んだ本をこっそり返しにいったときの、心臓がとまりそうな緊張感が不意によみがえってきたからです。

ここにも死を「憩い」として感じていた人がいる。「憩い」と「休《やす》らう」と訳語は違いますが、意味するところは同じです。この墓の銘文《めいぶん》は、やはり京都の哲学者、西田幾多郎《きたろう》の筆によるものです。

「生きる」ということは、大変なことである、という感覚がそこにはあります。古代の仏教では、人生を「苦《く》」と考えました。人はこころと体を苦しめながら生きる。そして、死によって解放され、ほっと一息《ひといき》いれて安らぐことができる。ゲーテが詩のなかでうたう「死」は、恐ろしいものでも、不吉なものでもありません。

待てよかし、やがて
汝《なれ》もまた憩わん

生きていくということは大変だね。でも、もう少し頑張って辛抱《しんぼう》しなさい。やがてあの静かな自然のなかに、命のふるさとに還《かえ》って、ゆっくり休む日がくるんだから。

中学生の私にとって、死のイメージは決して不吉な恐ろしいものではありませんでした。何か辛《つら》いこと、苦しいこと、いやなことがあるたびに、

待てよかし

と、こころのなかでつぶやいて耐えたものです。いまから思えば、ずいぶんひねこびた少年だったんだな、と苦笑せざるをえません。ずっと長いあいだ死について考えてきた、というのは、そういうことなのです。

四十歳まで生きられるか

それから後の青年時代のことを思いだすと、こころがヒリヒリと痛む感じがあります。ずっと貧しく、いつも体の不具合《ふぐあい》をこらえながら生きてきました。父は結核《けっかく》で死にましたが、私もずっと呼吸器に異状を感じながら過ごしてきました。微熱《びねつ》が続き、呼吸がスムーズにできない。心臓の鼓動が急に速まったり、いまにも止まりそうに弱くなったりします。

たぶん三十歳か四十歳前に自分は世を去るのかもしれない、と、ひそかに考えていました。大学を途中でやめたのも、経済的な理由でしたが、それだけではなかったのかもしれない、と、いまは思います。

どうせそんなに長くは生きないのだ、だったら大学を卒業して定職についたところで仕方がないではないか、それよりもいま自分がやりたいことをやって自由に生きたほうがいい、そんなふうに感じていたのでしょうか。

親鸞の「残された命」

いきなり話がとびますが、親鸞《しんらん》という人は、二十年近く修行《しゅぎょう》を続けた比叡山《ひえいざん》を、二十九歳のときに離れます。当時の僧侶《そうりょ》にとって比叡山はエリートコースです。道元《どうげん》、日蓮《にちれん》、法然《ほうねん》、偉大な宗教家を数多く輩出《はいしゅつ》しています。その権威ある修行道場を捨てて、在野《ざいや》の念仏僧《ねんぶつそう》たちのあいだに身を投じるということは、大変な決断であり冒険だったにちがいありません。

その親鸞の一大決心を、のちの人びとはさまざまに解釈します。比叡山仏教の世俗化《せぞく》と堕落《だらく》が許せなかったのだ、と見る人もいますし、またみずからの求める真の仏教がそこに見出《みいだ》せないことへの絶望からだ、と言う人もいます。どうしても欲望を断つことのできない自己への焦りと苦悩のせいである、と説《と》く人もいます。

そのどれもが一理あるような気がします。しかし、それだけではない。どこか親鸞のこころの底に、自分の残された命、そして死、ということへの無意識の反応がひそんでいるような気がしてならないのです。

親鸞は、あるとき河内《かわち》の磯長《しなが》寺（叡福《えいふく》寺）を訪れました。磯長寺は彼が敬慕《けいぼ》してやまない聖徳太子《しょうとくたいし》の墓のある寺です。親鸞はそこでひとつの夢告《ゆめつ》げを受けています。それは「汝《なんじ》はあと十余年の命であろう」という、思いがけないものでした。その日以来、親鸞は自分は三十歳を待たずに死ぬのだ、という覚悟をこころのなかにしっかりと受けとめていたにちがいありません。

親鸞が二十九歳で比叡山を下りたということは、とりもなおさず国家仏教の制度のなかで、それまでのキャリアと将来と信仰《しんこう》を捨てるということです。それは世間的な僧侶としての死にほかありません。

それまでの人生を葬《ほうむ》り、いったん死んで、もう一度生まれなおす。そして一介《いっかい》の野の聖《ひじり》として新しい信仰の道へ出発しようとした。それは親鸞二十九歳の死と再生のドラマではないか。

これは小説家としての私の妄想《もうそう》かもしれません。しかし、磯長寺で夢告げを受けて以来、彼のこころのなかに「天命」という感覚が生じていたことを、私は信じているのです。

天命

ここで、「天命」ということばを持ちだしました。

天命とは、いったいなんでしょうか。

私はこの天命という表現を、学問的に追究しようとしているのではありません。歴史的な用法を論じることもしません。

「天命を知る」とか、「天命を待つ」とかいった言いかたのむこうにある、天という感覚と、命ということばが自然に結びついて、天命という思いが目の前にあるのです。

天とは、天地自然万物《ばんぶつ》の存在《そんざい》のすべてをつらぬくエネルギーであり、目に見えない意志のようなものだと感じています。

万有引力《ばんゆういんりょく》ということばがあるように、この宇宙の、ありとあらゆるものに作用している力がある。人間も、森も、海も、草も、虫も、すべてその力の影響を受けて存在している。

そんなふうに自然に思うようになりました。天命を知るということは、人間にとって不可能なことです。それは天寿《てんじゅ》といわれる寿命《じゅみょう》を知ることと同様に、なかなかできないことでしょう。しかし、この自分の命が、ただ自力《じりき》で生きているというだけでなく、何か大きなものの一部として生かされているという感覚が、「天命を知る」ことなのではないでしょうか。

他力《たりき》、という考えかたは、まさに天命によって生きるという立場です。天命とは、天の命令ではない。自然に生きるというだけのことでもない。天の法則にしたがう、というようなことでもない。天命を生きる、という言いかたが、もっとも自然なように感じられます。

自分のこの体に、手にも、足にも、髪の毛にも、爪《つめ》にも、天の命が生きている。その命が尽きるとき、私たちはこの世を去る。

運命ということばと、天命ということばは、どこか大きく違うように感じます。運命という考えかたは、どこか一方的な受け身の考えかたではないでしょうか。天命とは、すすんでそれを肯定《こうてい》する。認めて参加する感覚があります。それは、信じること、と言ってもいいかもしれません。

五十歳をすぎたころから、私は天命ということを強く感じるようになってきました。

それとともに、人間が何歳まで生きるのが自然なのだろうか、と考えることが多くなりました。現代の医学者は、人間が理想的な生活を守れば、百二十歳まで生きられる、といいます。

しかし、たとえ科学的、生理的にそれが可能だとしても、はたしてそこまで生きることが天命にそぐうものだろうか。天が人間に与えた自然の命は、ひょっとしてその半分くらいなのではないか、と感じるのです。

私はいま、その年齢を超《こ》えて、かなり長く生きています。それにあえて逆らう気はありません。天命は個人ひとりひとり違うものらしいからです。

私は作家として、将来こういう作品を書いてみたい、と思う構想があります。もし、それができれば、どんなに嬉《うれ》しいことかわかりません。しかし、もし、それができなくとも、地団駄《じだんだ》踏んで残念がる気持ちもないのです。

もし、それができればそれも天命であろう。できなくとも、それが天命なら納《なっ》得《とく》して受け入れるしかあるまい。そう思っています。

天命を知る、ということは、論証して納得することではありません。それはひとつの感覚です。天命というものがある、と感じる。その天命によって生き、天命によって死ぬ。

日々の健康を維持《いじ》するための努力は、それはそれで大事でしょう。しかし、努力しようと思ってもできないときがある。反対に、それほど自分を叱咤《しった》激励《げきれい》せずとも、なんとなく続くこともある。

自分が孤立して生きている、と考えることは心細いものです。何か大きな、たしかなものの一部として自分が生きている、と感じることは、こころ安らぐところがあります。

天命にしたがう、というより、天命によって生きるという感覚でしょうか。天命とはこういう意味である、とか、古来このように解釈されてきた、とかいうことは、あまり問題ではありません。天命、という文字を目にしたとき、そのことばを用いたときに、うん、そうだ！　とこころにすっと納得できるかどうかが大事なのです。

それは感覚としかいいようのないものです。しみじみと共感することもあるし、一瞬ひらめくように感じることもあるでしょう。逆に、何も感じないこともある。まったく理解できないこともあるはずです。天命とは出会うものであって、探《さが》し求めるものではないからです。

いま、私はこの「天命」ということばが、日いちにちと大きく、そして強く自分のこころと体にしみとおっていくのを感じています。そしてそのことを、なんともいえず嬉しく、こころづよく感じているのです。

天命。

誰もがいつかこのことばを、しみじみと噛《か》みしめ、うなずくことがあると私は信じているのです。

天命。

なんという深く、重いことばでしょうか。

II　生と死をめぐって

長い生と死

信仰と長寿

恐山《おそれざん》に行ってきた。

恐山はマサカリの形をした下北《しもきた》半島の、ちょうど刃のまん中のあたりにある。日本三大霊場《れいじょう》のひとつとされているが、私はほかの二霊場とは違う場所だと思う。高野山《こうやさん》、比叡山《ひえいざん》が国家の霊場として整備されたのに対して、恐山は民衆の霊場なのだ。

ちょうど夏の大祭がおこなわれていて、有名なイタコの口寄《くちよ》せも人気を集めていた。最近では若いイタコさんもデビューして、アイドルなみの人気を集めているらしい。

それよりも、そのとき驚いたのは、永平寺《えいへいじ》の宮崎禅師《ぜんじ》が来山されていたことだった。

宮崎師は曹洞宗《そうとうしゅう》の大本山永平寺の住職である。おん年、百四歳の大長老だ。以前、テレビで立松和平《たてまつわへい》さんとの対談を拝聴したことがあった。百四歳にしてまったくおとろえを感じさせない話しぶりに、感嘆させられた。ふだんでも原稿もなしに長時間の講話を楽々とつとめられるという。

この年は東北地方も暑かった。大祭の当日も、ギラギラと照りつける陽差《ひざ》しで、恐山も焦熱《しょうねつ》地獄さながらの暑さだった。そんななかを、百四歳の身で、本州北端の下北半島までよくも旅されたものだと思う。

それにしても、宗教家はなぜ長寿《ちょうじゅ》なのだろうか。職業別の統計を見ても、いつも宗教家が長生きの第一位を占めているのだ。その理由も、おそらくひとつやふたつのことではあるまい。生活習慣と、精神面の双方から見ていく必要があるだろう。

ブッダは八十歳で世を去ったとされている。当時のインドの社会では、おそらく希有《けう》の長命であると言っていい。

日本の浄土教《じょうどきょう》の宗教家も長命だった。法然《ほうねん》の八十歳、親鸞《しんらん》の九十歳、蓮如《れんにょ》の八十五歳と見てくると、これもその時代としては驚くべき長寿の人びとである。それにくらべると、四十そこそこで世を去った宗教研究家の清沢満之《きよざわまんし》など、いかにも惜しまれる早世だ。

長く生きれば、どんな利点があるのか。

まず、みずからの思想と信仰《しんこう》を時間をかけて十分に熟成させることができる。親鸞は『教行信証《きょうぎょうしんしょう》』の大著に、じつに長い年月をかけて手を加えた。

また多くの人びとに、直接、面授《めんじゅ》のかたちで自分の信仰を語り伝えることができる。ブッダも最後の最後まで弟子《でし》たちに語り続けた。

ひとつの信仰や思想が世間に深く広く伝わっていくには、じつに長い年月が必要だ。一瞬、時代の蒼穹《そうきゅう》に彗星《すいせい》のようにきらめいて消え、長く知識人の記憶に残る天才もいる。しかし、それは社会の底辺にまでは届《とど》かない。庶民大衆のこころの深い淵《ふち》にまで浸透《しんとう》するには、呆《あき》れるほどの持続《じぞく》とくり返しが必要なのだ。

ブッダが真理を悟《さと》ったのは、三十五歳のときとされる。

それから世を去る八十歳までの四十五年間を、彼はみずからの思想を人びとに説《と》き、教えることに専念した。八十歳でなお伝道行脚《あんぎゃ》の旅を続け、その途上《とじょう》で亡くなったのだ。

蓮如の生涯《しょうがい》を眺《なが》めると、前半の三十五年あまりが勉学の時代、後半の五十年が伝道に専念した時代と見ることができる。

では、若くして死んだイエス・キリストはどうか。キリスト教の信仰は、広く、深く民衆のあいだに生き続け、二千年に及ぶ。またムハンマドの生涯を考えてみても、かならずしも長命であることが、その信仰と思想が永続することの条件ではないように思われる。

しかし、ゆるやかな長い歩みから生まれる信仰と思想は、なんとなくゆったりしている。短く激しい生涯が残すものは、やはり激しく、厳《きび》しいものがあるようだ。

スローライフから育《はぐく》まれる信仰には、どこか植物的な感覚がある。そしてファストライフからもたらされる信仰は、動物世界のダイナミズムを持つ。

私たち人間には、ほぼ一定の容量が与えられているようだ。特異《とくい》な天才は別である。人がその人生において歩く距離は、そう大した違いがないのではあるまいか。速く、短時間で走るか。ゆっくり、長い時間をかけて歩くか。それは各人の選択である。太く長く、という具合《ぐあい》にはいかない。

寺に住む僧侶《そうりょ》たちの生活習慣は、おおむね万事がゆっくりの動作である。特別な修行《しゅぎょう》は別として、その動作は緩慢《かんまん》をむねとする。

念仏《ねんぶつ》をふくめて読経《どきょう》は、呼気《こき》（吐く息）を長時間持続させる腹式の呼吸だ。身心を調《ととの》えて、悪いストレスを少なくする。食事も粗食が基本である。仏法《ぶっぽう》に帰依《きえ》する、という姿勢については、どの宗派《しゅうは》も変わりはない。

大いなるものに身をあずける、という落ち着いた心構えである。これで長生きしないほうがおかしい。

俗に「お経」という。昔から経には、三つの功徳《くどく》があるとされている。

ひとつは「読経《どきよう》」。

文字どおり、声に出して経文《きようもん》を朗読《ろうどく》することだ。名人上手《じようず》の読経を聞いていると、どこが切れ目なのかわからない。長い長い呼気で読み、一瞬の吸気で息つぎをする。短く吸って、長く吐く。これが呼吸法の基本である。しかも目で読むだけでなく、声に出して読むところに大きな意味がある。

仏教ではよく「自利利他《じりりた》」ということをいう。自分の悟りを追求するだけではだめだ、ということだろう。自利とともに他を利することがともなって、菩薩行《ぼさつぎよう》となるわけだ。経を読むというのは利他行《りたぎよう》である。

しかし、同時に読む側にも大きな自利となるのではないか。読経の功徳は絶大というべきだろう。

読経のほかに、「写経《しやきよう》」というのがある。経文を毛筆で筆写する行《ぎよう》は、最近ますます流行しているらしい。

そのほかに「持経《じきよう》」という功徳もある。これは経典《きようてん》を大事に持っているだけでも功徳があるという考えかただ。

時宗《じしゅう》の祖である一遍上人《いっぺんしょうにん》は、遊行《ゆぎょう》しつつ「南無阿弥陀仏《なむあみだぶつ》」と書いたお札《ふだ》を、だれかれなく人びとにくばって歩いた。それが一遍の行であったと言ってもいい。

街角《まちかど》で広告用のティッシュをくばっているアルバイトの娘たちをよく見かける。黙《だま》って受けとる人もいるし、無視して通りすぎる人もいる。なかには顔をそむけて避ける通行人もいる。

念仏を書いたお札をくばって、かならずしも喜んで受けとってもらえるとはかぎらない。なかには「おれは念仏は嫌いだ」とか、「べつに信心してないから」とか、いろんなかたちで拒絶《きょぜつ》する相手もいるだろう。

そんな場合に、一遍は、「まあ、持ってるだけでもいいから受けとりなさい。あとで捨ててもかまわないんだよ」と、笑顔で札を渡したにちがいない。

持経というのは、そういうことだ。持っているだけでも功徳があるのなら、それを朝晩、朗々《ろうろう》ととなえることは「自利利他」のきわみではあるまいか。呼吸のための健康法といったプラグマチックな行為《こうい》ではなく、そこに大いなるものへの帰依《きえ》の気持ちがあればなおさらだろう。

天寿

人はみずからの意志でこの世に誕生するわけではない。何ものとも知れない大きな力によって、この世界に押しだされるだけだ。

送りだされるこの世界は、かならずしも花咲き鳥うたうパラダイスではない。愚《おろ》かしくも滑稽《こっけい》な人間劇が演じられる円形の舞台である、とは『リア王』の主人公がもらすセリフである。

その弱肉強食の修羅《しゅら》の巷《ちまた》に、みずからの意志でなく放《ほう》りだされる人間。そのことが不安で恐ろしいから赤ん坊は「泣き叫びながら生まれてくる」のだ、とシェークスピアはリア王に語らせる。

泣きながら生まれてきたのなら、せめて笑いながらこの世を去ることはできないのか、と、ずっと私は思ってきた。

せめて人生の幕をおろすときぐらいは、みずからの意志でおこなえないものだろうか。

どんなに長く生きたところで、いずれは去っていかなければならない。

問題はある年齢を過ぎてからの、体力、智力《ちりょく》のおとろえだ。長生きが歓《よろこ》びであるためには、その両方がそこそこに健在でなくてはならない。

家族の顔も見分けられなくなって、それでも長いあいだ生き続けるということは、ひとつの悲劇である。体力のおとろえにもまして、智力のおとろえは辛《つら》く、情けない。

古来、さまざまなかたちでボケを防ぐ方法が語られてきた。最近は脳の活性化《かっせいか》をはかるためのメソッド本が大流行《おおはや》りである。

一般にいわれているのは、「音読《おんどく》」と、「計算」である。

たしかに音読は脳のトレーニングに効果がありそうだ。計算はもっと役に立つだろう。

「音読」と「計算」の効果を信じながら、私がいまひとつ何か欠けているものを感じるのは、そこにある「思い」について語られていないからではないかと思う。

僧侶は経を音読する。これは当然のことながら脳をよくきたえるにちがいない。

しかし、新聞の文章を読むことと、経を読むこととは、何かが違うような気がするのだ。

それが「思い」の有無《うむ》である。「信《しん》」の問題と言ってもいいかもしれない。

丈夫《じょうぶ》で長生き、これはほとんどの人の正直な願いだろう。

しかし、現実はなかなかそうはいかない。辛い思いをしながら生きているより、いっそ死んだほうがいいと思うこともあるはずだ。しかし、それがどんなに苦しい人生であっても、やはり途中で投げだすことは難《むずか》しい。

私自身は自分の生涯《しょうがい》の最後の幕は、自分の手で引きたいと、かねがね思ってきた。だが、実際には老残《ろうざん》の身をもてあましながら、一日でも長く生きようともがくにちがいない。

二〇〇五年に発表された前年の自殺者の数は、三万二千三百二十五名だった。七年連続の三万人オーバーである。これはお役所の公式の発表だから、実際はそれよりはるかに多いはずだ。残された遺族のために、自殺を病死として届け出る例は、決して少なくないのである。著名な作家の突然の死が、数十年後に自殺だったと報じられた例はいくつもあった。

長く生きれば、体もおとろえるが気力もおとろえる。自分の生涯の幕をみずから引くエネルギーすら失われるのは当然だろう。

生きてながらえれば恥《はじ》多し、とは、悲痛な人間の声である。これほど実感のこもったことばはない。

人間としての理想の長寿とは、どれくらいのものか、とふと考える。昔は、人生五十年、と称《しょう》した。いまは五十年では誰も納得《なっとく》しないはずだ。では、六十年か。いや、それでもやはり物足りない。では、七十年ではどうだろう。

私はすでに七十年を越えている。そして正直なところ、もう少し生きていたいと思っている。では、八十年か。うーむ。

ひょっとして八十歳まで生きたとき、もうこれで十分と思うだろうか。あれこれ想像をめぐらせても、実際にその歳《とし》になってみなければわからないことだ。もし、これで十分と考えたとして、ではどうするか。

与えられた天寿《てんじゅ》を淡々《たんたん》と生きればいい、と以前、ある先輩作家は私に言った。

しかしその人が癌《がん》の末期《まつき》と宣告されたときの無念のことばが忘れられない。

「あと三年生かしてほしい」

と、その作家は医者の腕をつかんで懇願《こんがん》したという。医者がおびえるほどの必死の形相《ぎょうそう》だったそうだ。

生きることは難しい。そしてまた、死ぬことも。

死は、前よりしも来《きた》らず

花粉症

朝、起きると目がかゆい。一日のうちに何度となくくしゃみが出る。

「花粉症ですか？」と、きかれて、はじめて、

「なるほど」と思った。

これが花粉症というものか。なるほどと納得《なっとく》した。

これまで春先になると、周囲の人がしきりに花粉症のことを言う。私自身はこれまでまったく花粉症の自覚がなかったので、不思議《ふしぎ》に思っていた。

「花粉症って、本当にあるのかね」

と、いった感じだったのだ。

杉《すぎ》の花粉が原因だと言われても、ピンとこない。

そういえば以前、セイタカアワダチ草が目の敵《かたき》にされたことがあった。アレルギーのもとになるというのである。

しかし、しばらくしてその話は自然消滅したようである。どうも、はっきりした因果《いんが》関係が確認されなかったらしい。杉の花粉犯人説も、たぶんそんな話だろうと、あまり本気にしてなかったのだ。

ところが、この歳《とし》になって、どうやら花粉症が出てきたらしい。若いころに関係のなかった疾患《しっかん》が、歳をとると出てくることは珍《めずら》しくないそうだ。

人並みに花粉アレルギーが出たのは、残念でもあるし、またどこか安心するところもないではない。

私は以前から自分流の独断で自分の体をケアしてきた。あまり清潔にしない、というのも、そのひとつである。

以前、免疫学《めんえき》の多田富雄《とみお》さんと対談をしたとき、

「手を洗いすぎるから免疫力が落ちるんです」

と、意見が一致したことがあった。

私たちの子供時代は、それこそ不潔《ふけつ》な暮らしが普通《ふつう》だったのである。そのために、必要上、多様な免疫のシステムが育っていて、それが活用されて健康に役立ってきた面があったと思われる。最近の花粉アレルギーにしても、現代人の免疫のシステムと深くかかわっているだろうことは明らかだ。この辺を少し考えてみよう。

昨夕、帝国ホテルで故人を偲《しの》ぶ会が催《もよお》された。

元講談社の文芸部門の中心的存在として作家たちに親《した》しまれてきた、杉山博《ひろし》さんの遺影をかこむ催しである。

三好徹《みよしとおる》さん、渡辺淳一《じゅんいち》さん、村上豊《ゆたか》さんなど、古いつきあいのあった執筆者たちのこころのこもった挨拶《あいさつ》もあり、また大学時代の旧友の懐旧談《かいきゅうだん》なども披露《ひろう》されて、静かななかにも情のこもった良い会だったと思う。

その間にベテラン医事評論家の甲斐《かい》良一さんから、杉山さんの癌《がん》発症から亡くなるまでの仔細《しさい》な経過説明があったが、聞くうちになんともいえない気持ちに駆《か》られたのは私ひとりではあるまい。

その報告によれば、杉山さんは四回も重ねて各部位の癌に見舞われたのだそうである。

講談社を定年退職する直前に健康診断を受けた。そこで最初の癌が発見されたのだという。その後の癌との闘いのいきさつは、ここで文章にするにしのびない。その間にも私は何度か杉山さんにお目にかかっている。

そんなとき、杉山さんは淡々《たんたん》と、というより、むしろ快活な口調《くちよう》で癌が発見されたことを語ってくれた。

そんな杉山さんの口調が、あまりにもこだわりのない平静なものだったために、こちらもつい軽い気持ちで受けとってしまったのだ。明るい表情の裏で、杉山さんがどれほどの辛《つら》い思いを嚙《か》みしめていたかを考えると、あらためて忸怩《じくじ》たるものを覚えずにはいられない。

会のあと、日刊ゲンダイの川鍋《かわなべ》さんと少し世間話をした。杉山さんのことだけでなく、健康と、仕事と、病院の話なども出た。川鍋さんも何度か病院で生死の境《さかい》をさまよった経験の持ち主である。

話の途中で、ふと話題が私の著書『養生《ようじょう》の実技』のことになり、

「あれ、おもしろいね。でも、うちのカミさんは、イツキさんが髪を年に何回かしか洗わないというのは信じられないわ、と言ってましたよ」

と、笑いながら川鍋さんが言った。川鍋夫人にまで拙著《せっちょ》に目を通していただいたのは、著者としては嬉《うれ》しいことだ。

しかし、同じような意見をこのところしょっちゅう聞かされるのは、私としてはすこぶる残念でならないのである。

「あれはおもしろかったよ」

と、いろんな人に言われる。作家仲間からも、

「うしろ歩きを試《ため》してるんだが、あれはなかなかきついね」

とか、

「靴下《くつした》をはくときにフラフラするんだが、きみが書いてるように下腹部重心を意識するようになって、うまく片脚《かたあし》で立ってソックスをはけるようになったんだ」

などと、このところ会うとかならずその話題になる。

まあ、誰もがみな体のことを気遣っているということなのだろう。

そんなふうに話題になるのは嬉しいことだが、気になることもないではない。『養生の実技』をおもしろがって読みながら、そこに書いてあることを、私の読者サービスのように思う人が少なくないことだ。

「いくらなんでも、まさか――」

と、笑ってパスする感じである。

「いくらイツキさんが髪を洗わないったって、年に何回とかいうのは嘘《うそ》だろ」

と、おもしろい冗談のように受けとっているらしい。検査も受けない、病院にも行かない、という話もそうだ。

四つん這《ば》いになって歩くだけでなく、慣れればギャロップもできる、という話にいたっては、ほとんどジョークとしか思えないらしい。

著者の私としては、あーあ、と大きなため息をつくしかない。

あの本のなかに書いたことは、すべて事実である。話をおもしろくするためのサービスなど一行もない。

さすがに最近は昔のように年に何回ということはなくなったが、それでも二カ月に一度ぐらいの割でしかシャンプーはしない。病院の前は走って通る、というのも本当である。

そのくせ、このところ医学界関係の講演に呼ばれることがやたらと多いのは、なぜだろう。学会で基調講演をやる予定が、今年も三、四回はいっている。

たぶん病院をまったく拒絶《きょぜつ》している珍種の動物を観察しようという、そんな興味からかもしれない。

あの本のなかに書いたことは、冗談でも、サービスでもない事実であることを、声を大にして言っておきたいと思うのだ。

病にあふれた人びと

二〇〇三年の春から、全国の百の寺を回る旅を続けてきた。三月中旬に大分県の羅漢寺《らかんじ》で、どうやら無事に百寺目をクリアすることができた。本当に「おかげさま」である。その間、一度も体の不調で休むことがなかったのが、奇跡のように思われてならない。

各地の寺々を回って、とにかく目についたのは、参詣者《さんけいしゃ》たちの数々の祈願《きがん》である。

のぼりや、絵馬《えま》や、経木《きょうぎ》や、シャモジなどに願いごとを書きつけて祈願する。真宗《しんしゅう》では、こういった願かけを「現世利益《げんぜりやく》」といって厳《きび》しく批判する。たしかに目先の欲望をかなえるために信仰《しんこう》があるわけではない。

しかし、ブッダが仏法《ぶっぽう》を人びとに説《と》いた時代から、現世のご利益を願う風潮《ふうちょう》はあった。ブッダもかならずしもそれを頭から否定してはいないはずだ。

目の前の勝手なご利益願いは、たしかに浅薄《せんぱく》である。とはいえ、現実に病に苦《やまい》しみ、生活に行きづまり、人生の愛憎《あいぞう》に悩みもだえている人びとが数多くいるとすれば、それを無視するのは仏法ではあるまい。

ブッダの教えのなかには、処世の心得《こころえ》もあれば、健康へのアドバイスもある。『大安般守意経《だいあんぱんしゅいきょう》』に出てくる呼吸法「アナパーナ・サティ（安般守意）」などもそうだ。

これは呼吸法の教えである。「正息経《せいそくきょう》」とでも訳したほうがわかりやすいかもしれない。

話をもどすが、そんな寺々で目についた庶民大衆の願いごとのベストスリーは、次のようなものだった。

まず第一が「病気平癒《へいゆ》」。

つぎが「商売繁昌《はんじょう》」。

もうひとつ「家内安全」。

この三つが現代の日本人の求める三大願望であると言っていいだろう。

なんといっても人びとは「病気」をおそれている。そして実際に病に苦しむ人びとが無数にいるのだ。

島根県の出雲《いずも》で、一畑薬師《いちばたやくし》と呼ばれる寺を訪《おとず》れた。この薬師如来《にょらい》は、眼病の仏さまであるという。全国各地から目の病に悩む人びとが訪れてくる。なかには眼科のお医者さんにひきいられて参詣《さんけい》にやってくるグループもあるというからおもしろい。

いまの日本国は、病に苦しむ人びとで満ちあふれている。そんな実感がひしひしと迫ってきた。健康でありたい、それが平成の日本人の大きな願望であることは間違いないだろう。

月収二十万円に満たないOLで、ひと月に七万円から八万円のサプリメントを購入している人を知っている。

特別にこれといった病気を抱《かか》えているわけではない。健康でありたい、健康であらねばならぬ、という強迫《きようはく》観念のようなものにがんじがらめになっているように思われる。

病気で苦しむのはいやだ。どんな理想的なかたちであったとしても、闘病生活というものは、できるだけ避けたい生きかたである。実際に病を得て、それで苦しんでいる人たちとは別に、病気になることを恐れて、日々そのことだけにしばられて生きている人びとが問題なのだ。

健康雑誌や、健康に関する記事を読めば読むほど不安になってくる。何かしなければ、と思い、月収の三分の一をサプリメント購入に充《あ》てて、やっと安心する。これが現代のひとつの断面図のように思われてならない。

一日に十数品目の食品を食べなければ健康になれない、と説く人たちもいる。これだけの運動をしなければかならず病気になると説明する専門家もいる。それを否定するわけではない。

しかし、実際には一週間に一度ぐらいしか歯を磨かない不精者《ぶしょうもの》で、自分の歯がぜんぶ揃《そろ》っている友人もいるのだ。

何かをすることは悪いことではない。しかし、サプリメントをいくら豊富に摂《と》ろうと、どんなにこまめにジョギングをしようと、故障が起きないということはないのが現実である。

人間の身体は二十歳を待たずして老化しはじめる。五十歳というのは、人間の自然な耐用年数だろう。それを思うと、必要以上の健康を求めることは、はたして人間にとって自然なことだろうかと思われてくるのだ。

人は誰でも老眼になる。六十歳ちかくなれば、前立腺《ぜんりつせん》が肥大《ひだい》し、小便の切れが目に見えて弱くなってくる。こんなことは自然の変化であって、健康とはなんの関係もないことだ。

一般的には言えないが、癌《がん》も老化のひとつの現象だろう。私たちは自分が生きているからこそ老化するのだ、と、納得《なっとく》するしかないのではないか。こころも体も、歳月《さいげつ》とともに錆《さ》びていくのが当然なのだ。こわばって不自由な指をなんとか動かしながら、この原稿を書いている。

死の練習

「死は、前よりしも来《きた》らず」と、古人は言った。

気がついたときは、すでに後ろに迫っている、と。

ポンポンと肩を叩《たた》かれてふり返ると、そこに死神《しにがみ》の笑顔があるのだ。

このことばには、妙《みょう》なリアリティがある。私たちは「あと何年生きるだろう」と、予想している。はるか前方に、死が遠くかすんで見えるような気で生きている。

しかし、

「死は、前よりしも来《きた》らず」だ。

足音を立てず、静かに背後に忍び寄ってきているのが「死」というものである。

他人の死を話題にすることはできても、人は自分の死を具体的にイメージすることは難《むずか》しい。五年先、十年先、二十年先まで、自分はいまのまま生きているつもりで暮らしている。

私もかつてはそうだった。少年のころは、戦争という大きな制約があった。当時は日々、戦争で死ぬことを想像しながら暮らしていた。しかし、戦後の平和のなかで、いつのまにかその実感は失われてしまった。ときどき過労のはての幻想として死が訪れてくるだけだった。

しかし、よくよくふり返ってみると、死は身近にある現実である。親《した》しい友人、知人の死が、それを一瞬だけ思いださせてくれる。

通夜《つや》の晩の関係者たちの上機嫌《じょうきげん》さは、その不安の裏返しかもしれない。つとめて沈鬱《ちんうつ》な表情をつくっていても、みな妙にはしゃいでいることに気づく。

六十歳を過ぎたころから、少しずつ自分の死というものが実感できるようになってきた。死の練習、といえば大げさだが、つとめて自分の死をつよく意識しようと努力してきた成果だろうか。

それによって、何が変わったか。

まず、よく眠れるようになった。きょう一日、とにかく生きることができて幸せだった、と、何かに感謝する気持ちがわいてくるのである。

眠れなければ起きて本でも読んでいればよい。明日《あす》はないと思えばいいのだ。とりあえず「いま」を生きたいように生きる。

翌日、どんなに大事なことがあろうと、次の日まで生きるかどうかはわからないではないか。

とりあえず「いま」。そして「きょう一日」を生きる。そう思えるようになってきたのだ。

「メメント・モリ」

死を想《おも》え、という文字を刻んだ大理石の置きものを机上《きじょう》に飾り、朝夕それを眺《なが》めたのは、ルネサンス期のイタリアの知識人たちだった。

ヨーロッパの人口の何分の一かが死んだといわれる黒死《こくし》病の流行や、政情不安、また宗教的粛清《しゅくせい》の嵐《あらし》のなかで、死は常に目前にあった。あえて「メメント・モリ」と唱《とな》えずとも、実感としてそれが迫ってきた時代である。

しかし人間は目の前に死体がゴロゴロ転がっていても、自分の死を実感できない生きものだ。

死体をまたいで道を歩きながらも、死を自分と重ね合わせて感じることができない。そんな人間の天性をいましめることばとして、「メメント・モリ」は人びとの机上に掲《かか》げられたのだろう。

私もまた自分の死を実感できないひとりである。想像はできても、その場になってみなければわからない。

仮に医師から「あと三カ月の余命です」と宣告されたとき、はたしてどのような受けとめかたができるのだろう。頭のなかでは、たぶん自分はうろたえたりはしないだろうと考えている。

「そうか、いよいよやってきたか」と、それほど驚かずに納得《なっとく》できそうな気もする。しかし、それはそのときになってみなければわからないことだ。なにしろこれまで自分の余命を宣告されたことなど、一度もないのだから。

それでも日夜、くり返しくり返し死を想像し続けている人間と、自分が死ぬなどとは一度も考えたことのない人間とでは、受けとめかたが違うはずだ。

心構え、というものも、多少は役に立つのではないだろうか。

火事や地震に対する心構えができていても、実際に出火したり、地震が襲《おそ》ってきたりすると、そのときの反応は予想がつかない。それまでの心構えなど、どこかにふっ飛んでしまって、大あわてするかもしれないと思う。

一度死んだ経験のある人がいれば、話も聞けるのだが、臨死《りんし》体験といっても相当に漠然《ばくぜん》とした世界だ。これぱかりは死んだ先輩から話を聞くというわけにもいかない。

そんなわけで、五里霧中《ごりむちゅう》のまま死について考え続けている。たぶん何かの役に立つのではないか、と、ひそかにつぶやきながら。

人間の悲惨について

坂道を転がり落ちるように

最近、つくづく感じることがある。

人間の一生というものは、なんと悲惨なものだろうか、という感慨である。

七十歳を過ぎると、友人、知己《ちき》が少しずつ欠けてゆく。これは仕方のないことだ。平均寿命《じゅみょう》がいくつになったところで、誰でもが平均年齢をまっとうできるわけではない。

また、長く生きれば良いというわけでもない。ベッドに括《くく》りつけられて、延命装置によって生きながらえている悲惨なお年寄りは、相当の数にのぼるだろう。悲惨といえば、これほど悲惨なことはない。

私の学生時代の仲間も、一人ずつ欠けてゆく。七十代で亡くなるのは、老衰《ろうすい》とはいわない。なんらかの病気をわずらって、それぞれ苦しい闘病生活の末に世を去るのである。

若い人には実感がないだろうが、周囲を見回すと、思わずため息がもれてくるような辛《つら》いケースが、あまりにも多いのだ。

ことに夫婦が両方とも病気を抱《かか》えているような場合は悲惨である。その厳《きび》しい闘病生活のはてに、何が待っているのか。

「人は泣きながら生まれてきたのだ」

と、リア王は言う。

人生の前半、五十歳くらいまでは人間は誰でも必死で生き続ける。重い荷を背《せ》負《お》って坂道をあえぎながらのぼり続けるのだ。さまざまな苦しみがある。危機がある。それをなんとか乗り切って五十歳に達した人間に、それから後にどれほど素晴らしい後半生が待っているというのか。

まず忍び寄ってくるのは、老いである。老化を避ける術《すべ》はない。気がついてみると、目も、歯も、その他の器官も、すでにガタガタである。六十歳を過ぎれば、あとは坂道を転がり落ちるように心身ともにおとろえてくる。

NHKの「ラジオ深夜便」がひそかな人気を集めているのは、夜、ぐっすり眠れぬ老人がいかに多いかを物語っていると言っていいだろう。早く床《とこ》について眠れば、午前三時には目がさめてしまう。起きあがってガタガタするのは家人に悪いと、じっと夜が明けるまで寝床のなかで過ごす高齢者の唯一《ゆいいつ》の友が、「ラジオ深夜便」だ。

しかし自宅で未明に目ざめている人は、まだいい。家族が老人をサポートする時代は、どうやら終わったように見える。文明先進国ほど老夫婦が自立せざるをえないのが現実だ。

これでは人間の後半生は一体《いったい》なんだというのか。必死で前半生を生きた人間が、あたかも罰《ばつ》を与えられるような老年を生きなければならないというのは、どういうことか。

もちろん多くの人びとのなかには、ほかから見ても幸せに老後を送っている老人も少なくないと思う。自分でかえりみても、ラッキーに生きた生涯《しょうがい》だったと満足な人も、いないわけではあるまい。

しかし、そういう人は、ごく少数の恵まれたケースである。それと同時に、その先にどのような最期《さいご》が待っているかは誰にもわからないのだ。

私はここでとくに幸運に生きた少数の人びとのことを語りたいのではない。かつて自分の本の扉《とびら》に、

「幸運な少数の人びとへ」

ということばをそえた文豪《ぶんごう》がいたという。その話を聞いて、反射的に思ったのは、私だったら反対のことばをそえるだろうということだった。実際に書いたことはないが、こころのなかでは、

「不運な多数の人びとのために」

と、いう思いがいつも意識の隅《すみ》にあるからだ。

幻想としての「安らかな死」

いま、私の周辺には、人生の半《なか》ばまで一所懸命に生きて、そのあげく不運な後半生を突きつけられた友人、知己《ちき》があまりにも多いのである。

老いていくことは、肉体的にはエントロピーが増大していくことだ。崩れていき、錆《さ》びついていくる体とともに生きることだ。

夜は眠れず、歯も、目も不自由になってくる。手足もこわばり、記憶力は日々おとろえてくる。

そんなありきたりの老化は覚悟の上としても、さらにその上に病気が多発するのが問題である。

体は老いても精神は老いない、という説がある。たしかに人生の経験や覚悟が大きなプラスとなることはあるだろう。日々感謝の気持ちで生きる謙虚な姿勢も生まれてくるかもしれない。若いころよりはるかに澄んだ高い境地をかいま見ることもあるだろう。

しかし、個人的にはそれはそれでいいのだが、すべての世間の人びとはどうか。悲惨としかいいようのない執着《しゅうじゃく》と絶望のなかで生きる人びとの、なんと多いことだろう。それを横目で眺めながら、自分ひとりが平安なこころでいられるものなのだろうか。

「衆生《しゅじょう》病むがゆえにわれ病む」

というのが菩薩《ぼさつ》のこころだとすれば、澄み渡った老後の境地など、本当は決してありえないのではあるまいか。

二子山《ふたごやま》親方の死（二〇〇五年）をめぐって、メディアにはさまざまな記事が氾濫《はんらん》した。栄光に包《つつ》まれて前半生を終えた名力士といえども、その死は悲惨と感じないわけにはいかない。

私は以前、『うらやましい死にかた』というアンソロジーを文藝春秋から出したことがあった。文春本誌で読者から「うらやましい死」を見とったレポートを募集し、そのなかから抜萃《ばっすい》したいくつかの文章をまとめたものである。

そこには百人百様の死の姿《すがた》があって感動させられた。知識人よりも、むしろ市《し》井《せい》に生きる庶民の死に様《ざま》にこころを打たれるところが多かった。

「日本人はこんなに見事に死んでいくのか」

と、感嘆した記憶がある。病床にあって最後まで周囲への気《き》遣《づか》いを忘れず、念《ねん》仏《ぶつ》をとなえながら静かに息を引きとる例もあり、また嘆き悲しむ家族を叱咤《しった》して、

「泣くな。わしは浄土《じょうど》へ往《ゆ》くぞ！」

と、見事に息絶えた人のエピソードもあった。

最期《さいご》のきわまで社交ダンスに興じ、突如《とつじょ》として急死した幸せな死もあり、饅頭《まんじゅう》を山のように平らげて死んでいった父親の思い出もある。どれもまさしく「うらやましい死にかた」の実例ばかりだった。

しかし、こういうケースが本になり、人びとに読まれるということは、むしろ「うらやましくない死にかた」「悲惨な死にかた」こそが世間一般の死であることの裏返しの証拠《しょうこ》ではあるまいか。

人間の大多数は悲惨に死んでいくのである。

私のこういう言いかたを、悲観的《ひかん》にすぎると思う人もいるだろう。また、自分が死ぬときは決して悲惨な死にかたはしない、とこころに決めている向きもおありだろう。しかし、あえて断言するが、老いは悲惨であり、死もまた悲惨である。「美しき老年」などというのは、願望ではあってても真実ではない。「安らかな死」というのも幻想であると思う。

死、そのものよりも、死へいたる過程が悲惨なのだ。死を予感して群れを離れ、ひそかに死場所を探《さが》す野生の動物の話を聞いたことがあるが、これも物語にすぎないのではあるまいか。人生の途上《とじよう》における夭折《ようせつ》は別である。長寿《ちようじゆ》社会の緩慢《かんまん》な死の道行《みちゆ》きについて私は語っているのである。

生、老、病、死

この数日間、連載に書き続けている文章を読んで、電話をかけてきた友人がいた。

「あの『人間の悲惨について』とかいうエッセイだがね。あれを読んで、うちのお袋《ふくろ》が笑っているんだ。イツキさん、何か悪い夢でも見てるんじゃないかって」

「悪い夢?」

「うん。うちのお袋は八十二なんだが、いたって元気なんだよ。体調もこれといって困ったところもないし、なんたって元気なんだ。このところ愛知万博にはまって、毎週、新幹線で名古屋通《がよ》いさ。なんせパスを買ってるんだから」

「愛知万博って、お年寄りにもおもしろいんだろうか」

「お袋はおもしろがってるよ。何万年も前にあんなでかいマンモスがいたなんて凄《すご》い、ってね。それに『冬ソナ』に夢中で、寝室にはヨン様のポスターが十枚以上はってある。最近、ハングルまではじめて、夏には韓国に行ってロッテホテルに泊まるんだと楽しみにしてるんだ。それに手話《しゅわ》にパソコン、社交ダンスにビーズ編み、おまけに絵手紙にもはまってる。秋にカッパドキアへ行きたいって騒ぐんで困ってるんだよ。まあ、そんなわけで老いの悲惨と言われてもピンとこないらしいんだ。旦那《だんな》は先に死んで遺産を残してくれたし、子供たちは代わりばんこに遊びにくるし、いまが人生でいちばん幸せ、みたいな顔をしてるよ。せっかくの真面目《まじめ》な文章にケチをつける気はないけど、べつに長生きしたってみじめなことばかりじゃなさそうだ。あんまり暗い面ばかり強調するのも、どうかと思うけど」

「ふーん」

「これでお袋がポックリ急死してくれたら本当にありがたいんだがなあ」

などと罰《ばち》あたりなことをしゃべって電話は切れた。

なるほど。

私も決して幸せな老後を否定しようとやっきになっているわけではない。しかし、その友人の母親が、とびきり恵まれた老人であることは確かだろう。

そもそも八十歳を過ぎて、体調がいいというのも例外中の例外ではあるまいか。それとも、その御母堂《ごぼどう》が実際にはさまざまな不調を抱《かか》えながら、周囲にはそれを見せずにあくまで健気《けなげ》に振舞《ふるま》っておられるのだろうか。その辺はわからない。げに世の中はいろいろだ。

老いと死を引きあいに出して、人が生きるということはじつに悲惨なことである、などと述べているうちに、ふと奇妙《きみょう》なデジャヴュ（既視感《きしかん》）のようなものを覚えた。

そんなことは、すでに何千年も前から言いふるされていることではないか。ブッダと呼ばれる仏教の始祖《しそ》の誕生よりもさらに古く、インドに広まっていた宗教思想では、生きることを苦《く》と考えていたのだ。人生は思うにまかせぬ苦しみの連続であり、カルマン（カルマ、業《ごう》）に支配される悲惨な世界であると考えた。

人間はこの苦の世界に、くり返しくり返し生まれ変わって無限の悲惨の連鎖《れんさ》につながれている存在である。そこから脱《だつ》することこそ、当時の人びとの願いであり、夢であった。

宗教とは、まず何よりも、その輪廻転生《りんねてんしょう》の無限の連鎖を断ち切り、そこから脱出する唯一《ゆいいつ》の道であると考えられたのだ。

その解放の究極の目標は、解脱《げだつ》（モークシャ）と呼ばれた。解脱への方法は、古代においてはバラモンと称《しょう》する上位の階級が独占し、複雑な祭式《さいしき》によってそれがかなうとされた。

一方では民衆レベルにおいて、バラモンの宗教祭式と異《こと》なる解脱の道を追究する修行者《しゅぎょうしゃ》たちが出現する。彼らはシュラマナと呼ばれ、苦行《くぎょう》と瞑想《めいそう》と思索《しさく》によって業の世界からの解放をめざす。紀元前八〇〇年から六〇〇年あたりの時代のことと考えられるから、いわゆるブッダが登場する前の、仏教以前の宗教世界である。そんな精神的風土のもとに彼は生まれたのだ。

ブッダと呼ばれるこの人物の誕生には、さまざまな説がある。一般には紀元前五六〇年ころの生まれとする学者が多い。

彼はインド北東部、現在のネパールの町ルンビニーで生まれたとされる。父はその地方の豪族《ごうぞく》のリーダーで、さほど大きくない国土の統治者《とうちしゃ》であったという。ブッダの生涯《しょうがい》は、数々の説話に彩《いろど》られていて、それを信じる以外に想像の余地はない。

伝説によれば、彼が誕生するとすぐバラモンの祭官《さいかん》が呼ばれ、その子の将来が占《うらな》われた。

「この子はすぐれた王になるか、または偉大な宗教家になるかのどちらかであろう」

と、いうのが祭官の託宣《たくせん》だった。父王はもちろん息子《むすこ》が自分の地位を継いで、その地方の統治者となることを望む。そして慎重《しんちょう》に、後継者《こうけいしゃ》となるべき男児に帝王学を仕込む努力を続ける。

ゴータマ・シッダールタ、すなわち若き日のブッダは、恵まれた環境のなかで細心の注意をはらって育てられたと語る学者もいる。父親は彼を自分の後継者として育てるために、世の中の悲惨さをできるだけ見せないようにした、というのだ。

なにしろ二千数百年も昔の話である。ここではフィクションと伝説のなかから、自分流の推理を試《こころ》みるしかないだろう。

温室のなかで過保護に育てられた若者も、やがて手綱《たづな》をうっとうしく思うようになる。

外の世界を見たいと願う息子に、父親は妻をめとらせ、子を生ませる。しかし、そのような生活も、若者のこころをつなぎとめておくことはできない。

やがて彼は自分の城を出て、現実をかいま見ようとした。外の世界へ足を踏みだして、最初に目にしたのは、悲惨きわまりない人間の姿だった。それが老人と病人である。また生きるためにもがく人間たちの姿も悲惨だった。そして究極の悲惨、死。

彼は思う。これが人間の真実の姿なのだ。人生は悲惨である。人は、生《しょう》、老《ろう》、病《びょう》、死《し》の四つの苦役《くえき》から逃《のが》れることはできない。

これはあまりにも有名なブッダの出発点である。二十九歳の彼は、そのような悲惨のなかから、なお希望を抱《いだ》いて生きる道が人間に残されているのか、もしあるとすれば、それはどのような道であるのか、それを発見するために、妻をも、息子をも捨て、親も地位も捨てて放浪《ほうろう》の旅に出るのだ。

人間の生きる姿は、ブッダのころから現在まで、ほとんど変わってはいない。人は老い、病《やまい》を得、やがて死ぬ。ひとにぎりの例外はあったとしても、死は確実に訪《おとず》れる。そのことを感じつつ生きることは、苦の世界を生きることだ。

いま自分の周囲を見わたして、思わずため息が出るのを抑《おさ》えることができない。どうして必死で生きた人間が、後半生を老、病、死という三重の罰《ばつ》にとり囲まれて暮らさなければならないのか。

「そのために神さまはボケるという逃げ道を用意してくれてるのさ。ボケてしまえば悲惨もくそもないだろう」

しかし、私はボケながら平和に生きる道を人間の望ましい姿とは思わない。それはむしろ、さらなる悲惨かもしれないのである。

死を迎える道

「人間の悲惨について」などという文章を書いていて、思わずため息が出そうになることがある。

考えてみれば、ほかにいくらでももっと活気のある題名がありそうなものではないか。

「人間の滑稽《こっけい》さについて」

でもいいし、

「人間の運命について」

でもいい。また、

「人間の幸福について」

などというテーマもあるだろう。だが、「人間の偉大さについて」といった文章は私は苦手《にがて》だ。「人間の卑小《ひしょう》さについて」ならなんとか書けるかもしれない。

いずれにせよ、死、という主題を正面においた瞬間から、すべてはガラリと変わる。どんなに偉大で、どんなに愛すべき存在《そんざい》であっても、人は老い、病み、そして死ぬのだから。

「いま生きているのに、どうして死を思いわずらうのか」

という声も聞こえる。メディチ家のロレンツォのように、

「春はとく過ぎゆく。さればいま、この人生を楽しめ」

と、いう考えかたもあるだろう。

死後の世界についてブッダは語らなかったという。

「無記《むき》」

という表現がそれを示している。霊魂《れいこん》についても「無記」である。彼が語ったのは、いかに生きるかに関してだった。

仏教は人生を「苦《く》」であるとする。そして「苦」の世界をどう生きるかを教える。「四諦《したい》」といわれる方法論によって、それを乗り越えようとするのだ。考えてみると仏教とは、とことん論理的で理性的な思想である。

それでいながら「拈華微笑《ねんげみしょう》」(ことばによらない以心伝心《いしんでんしん》の伝達)のような教えかたもあるところが厄介《やっかい》だ。

あらためて周囲を見回してみる。新緑が初夏の日に輝き、娘らの胸に「夏きたる」感を覚える。空港は人びとの群れで埋めつくされ、コンサートに歓声が沸き返る。「人間の悲惨」は、ほとんど社会の表面には浮かびあがってこない。

「一期《いちご》は夢よ　ただ狂え」

と、すべてを忘れて疾走《しっそう》するか。ブッダは末期《まつご》の目に映《えい》じた景色を、

「世界は美しい」

と、言ったという。「苦」の世界を「美しい」と見る目は、はたして「八正道《はっしょうどう》」を正しく実践《じっせん》すれば、得られるものなのだろうか。

結局のところ、人間は生きるあいだだけ生き、期限が切れたところで死んでいく。私がそのことを悲惨に思うのは、人生の終局があまりにも情けない幕引きだからだ。

老い、そして病《や》み、世間から忘れられて死んでいく人間。

これだけ必死で生きたのだから、せめて世を去るときぐらいは気持ちよく往《ゆ》くことはできないのだろうか。

突然死に見舞われた人は、ある意味で幸福なのかもしれない。ゴルフの帰りに急死した人がいた。酒場の階段から落ちて死んだ人もいた。三年、五年、いや十年ちかく苦しい闘病生活ののちに死んでいくのと、はたしてどちらが幸せなのだろうか。

ポックリ寺にまいる人を、以前は笑って見ていた。しかし、いまあらためて人間の一生を思えば、ポックリ死にたい、というのは庶民の偽《いつわ》らざる希望かもしれない。

もし、宗教というものに意味があるのなら、この悲惨な人間の一生を、少しも悲惨とは感ずることなく、希望と歓《よろこ》びをもって生き、そして感謝しつつ死を迎えられる道が宗教なのかもしれない。ブッダが語ろうとしたのも、そういうことではないだろうか。

しかし、現実の宗教はかならずしもそのような道を人びとに伝えてはいないように思われる。

それより先に、フィジカルに苦痛に満ちた死を迎えなければならないのを、どう解決するか。

安楽死というのも、たしかにひとつの方法かもしれない。私の知人の御父《ごふ》君《くん》は、食を断ち、水分を断って、枯れるように世を去られたという。入定《にゆうじよう》とはこういう死をいうのだろう。

しかし、食断ち、水断ちも、相当に苦しい死にかたではないかと思う。私のような凡人には、とうてい実行できそうにもない。

そこで期待しているのは、たとえば癌《がん》が発見されるにしても、可能なかぎり末《まっ》期《き》に見つかることである。あと三カ月、とは、よく言われることだが、願わくば、あと三週間、いや、一週間という宣告を受けたいものだ。

そしてその診断が正確であることを望みたい。あと二週間、などと言われて三カ月も生きたりするのは真《ま》っ平《ぴら》だ。早期発見、初期発見といわれることほど悲惨なものはない、というのが私の非常識な結論である。

見えない世界・見えないことば

宗教と道徳は別のものである

宗教というものは本質的に、道徳とはまったく違うものです。

よく、「日本の青少年のモラルや日本人のこころが荒廃《こうはい》しているから、宗教心を思い返さなければいけない」とか、「道徳教育が必要だ」というように一緒にして言われますが、宗教と道徳とは、もともと相反《あいはん》するものだと思います。

道徳のことばというものは、社会をどういうふうに生きていくかという、ある意味で現実的な対応の考えかたです。

人間が喧嘩《けんか》をしないで仲良く暮らすためにはどうすればいいか、というようなことです。ですから現実的であるし、処世のノウハウというものともつながっている。

つまり道徳は「目に見える世界」のことです。たとえば、車内に空《あ》いた席がないときに、お年寄りが乗ってきたら、自分が立って席を譲《ゆず》ろうというようなことです。

しかし、宗教というのは「目に見えない世界」を扱《あつか》います。宗教は、現実的にすぐに役に立つというものではありません。玉突きの玉のように、ワンクッション置くことで意味を持ってくるものなのです。

人間の世界というものが、素晴らしいものだというふうに感じるためには、私たちの認識は目に「見えるもの」と「見えないもの」という二重の構造を見極めなければならないでしょう。

平面的に見える世界では魅力がありません。見える世界と見えない世界。この世とあの世。あるいは現実と非現実。

異《こと》なったメロディーが共存して、低音と高音が一緒に響《ひび》くような、遠近法のような状態がひとつの理想でしょう。

いわゆる未開社会においてもそうです。精霊《せいれい》などの存在《そんざい》を信じていたりするような人びとの生活のほうが、むしろいきいきしていて、魅力があるように見えます。

アジアのある島では、一日という観念がなくて、一日をひとつの昼とひとつの夜というふうに数えるといいます。二日というのは二回の昼と二回の夜というふうに。

なぜかといえば、昼間は人間が活動する時間であって、夜のとばりがおりてからは、人間や動物は眠り、精霊が活躍する時間であると考えるからです。夜とは天使や魔物《まもの》など、この世のものでない人たちが活躍する時間。

こんなふうに一日をふたつに分けると、一日というものが、とても奥行きが深くて、魅力的に感じられます。目に見えるものの価値しか信じない世界というのは非常に単純で、幼いのではないでしょうか。

しかし目に見えないものの値打ちをちゃんと認識するには、目に見える世界と目に見えない世界の両方を、人びとが実感をもって感じていなければならないでしょう。その「目に見えない世界」のことを扱うのが宗教なのであって、その点で目に見える世界を扱う道徳とはまったく別の世界なのです。

見えないものの価値

しかし、目に見えない世界とはかならずしも現実の社会に対して肯定的《こうてい》な、あるいは、プラスの働きをするとはかぎりません。むしろ逆に、この世の倫理《りんり》や論理とは逆の論理、倫理を持っている場合もあるのです。

二足す二は四、というのが現実の世界の数学だったら、宗教の世界の数学は、二足す二が四にならない。そこがおもしろいのです。

宗教のことばというのは、現実世界のことばと違う意味を持ち、現実世界には役に立たない。しかしだからこそ宗教のことばは偉大である、とはいえないでしようか。

「右の頬《ほお》を打たれたならば左の頬を差しだせ」というのは、宗教のことばです。「汝《なんじ》の敵を愛せよ」というのも同様です。

しかし現実の問題として、右の頬を打たれたら左の頬を差しだすということはまずできないし、常にそうやっていたら実生活で破滅してしまうでしょう。

また、「汝の敵を愛せよ」ということを本当に実行していたならば、おそらくたいていの企業《きぎょう》が一年のうちに倒産してしまう。それは実生活では不可能なことです。

できないことですが、できないことばを吐くということに、宗教のことばは真に意味のあるものとなる。

むしろ日常や現実の世界のなかでは通用しないようなことをあえて言うところに、宗教のことばというのは価値があるのではないか。

人は日常生活では、弱肉強食の世界で必死で働いています。しかし、そのなかで「汝の敵を愛せよ」とか「右の頬を打たれたならば左の頬を差しだせ」ということばが一瞬、頭のなかをよぎる瞬間がある。ここまでやっていいのかと畏《おそ》れを抱《いだ》くことがあります。こういう瞬間を持たせるのが、バイブルのことばであったり仏教のことばの力なのです。

『徒然草《つれづれぐさ》』のなかに、「金《かね》を儲《もう》けたいと思う人はどうすればいいか」というテーマの話が出てきます。

それによると、金を儲けたい人は、この世の中がいつどうなるかわからない無《む》常《じょう》なものだなどと考えては絶対にいけないとあります。そういうことを考えている人は金儲《かねもう》けができない。

この世の中は永遠に続く、大勢《たいせい》は変わらないと、そう信じこまなければ金儲けなんかできないというのです。

仏教的な無常観《むじょうかん》にしたがって生きている人は絶対に金儲けができない。それはそのとおりかもしれません。

すべては空《くう》である、という考えかたがあります。これも仏教の考えかたで、現実の世界では通用しないことなのです。

しかし、現実の世界を信じて、営々《えいえい》と金儲けのために汗水《あせみず》流している人間が、一瞬ふっと、この世の中というのは本当は空《むな》しいものなのではなかろうか、すべてのものは失われていくものじゃないだろうかというふうに、ちらと反省をするときに、その人間の行動が変わるのではないか。

たとえば人を徹底的に容赦《ようしゃ》なく痛めつけているときに、バイブルのことばがふと頭をかすめた人は、そこで思わず自分の気持ちに水をさされて手加減《てかげん》をしたり、その行為《こうい》を一瞬恥じたりすることがあるかもしれません。

人間というのは放《ほう》っておくと途方もなく無制限に暴走するものです。人間を暴走させないブレーキとなるものが、宗教のことばではないでしょうか。

社会において役に立たない無用のことばが、かえって宗教的な輝きを帯《お》びると同時に、また社会に対して、ときには危険な、ブレーキをかけることばともなる。ですから宗教教育というのも、じつは難《むずか》しいことなのかもしれません。

反社会的であることの意味

アメリカで同時多発テロが起きたときに、トルストイの小説『アンナ・カレーニナ』の扉《とびら》にある「復讐《ふくしゅう》するは我にあり、我これを報《むく》いん」という聖書の有名なことばを思い浮かべた人も多いでしょう。しかしあのことばは、報復は人間のやることではない、という意味です。

つまり報復するのは神の権利であって、人間は人間に復讐するような傲慢《ごうまん》なことをしてはいけないと。

それを原理主義的に文字どおりに受けとってしまうと、人は報復はできない。むしろ逆に、右の頰を打たれたら、左の頰を差しだせということになります。

しかしそれは現実には難しい。難しいけれども、何かがあったら、すぐ報復しようとして、それに倍する暴力を振るおうとする人間の性癖《せいへき》に対して、「復讐するのは神の権限である」という、遠くで聞こえる神の声は、人間に反省をもたらす大事なきっかけとなるのではないでしょうか。

人間は傲慢なものなのです。なかなか反省ということをしない。ややもすれば大きな存在への畏怖《いふ》というものを失いがちなのです。

宗教のことばというものは、人間というのは放っておけば思いあがってしまうもの、残酷に暴走するものだという認識の上にあることばと考えるべきでしょう。経済、つまり生産力とは、車でいうならエンジンにあたるものです。エネルギーを発生し、車を引っ張って走らせていく。それに対して、政治というのはハンドルみたいなもので、走ろうとするエネルギーに対して方向性を与える。カーブを切ったら曲がる。

では宗教とは何かというと、ブレーキだと思います。ブレーキは、前進に対してその進行を阻止しようとするマイナスの働きです。プラス思考に対するマイナス思考と言ってもいい。しかし、ブレーキのない車は間違いなく暴走するし、実際には走行できません。

宗教は常にブレーキとして働く反作用《はんさよう》的システムだと考えたほうがいいと思い

ます。

とめどなく加速していこうとする性癖を持ち、前年比無限に上昇しなければ気がすまない人間という存在。常に傲慢になり、暴力的になり、そして反省をしない存在である、そのような人間に対して一瞬、立ち止まらせる力というのが宗教の働きではないでしょうか。

ですから宗教のことばは、ときとして、というよりは、ほとんど常に、反社会的な言動とか言説《げんせつ》というものになってしまう宿命《しゅくめい》にあるようです。

同時多発テロのようなテロが起こったときに、「汝の敵を愛せよ」ということばはほとんど無力《むりょく》でも、そのことばが人間の頭のどこかで響いていることで、極端な報復主義に陥《おちい》らずにすむこともあるかもしれない。

宗教の力というのは、じつはそれほど巨大なものではないと思うのです。しかし、巨大なものではないところにこそ、宗教の持つ力の偉大さがある。

ささやかな抵抗、あるいは、ささやかな反省。人間にささやかな畏敬《いけい》の念を抱かせるもの。これがあればこそ社会というものは意味があるし、人間も愛すべき存在である、と思うのです。

宗教の力

そもそも宗教というもの、あるいは信仰《しんこう》、信心というものを得たら、その人の苦しみは実際に軽くなるのでしょうか。

先にも書いたようにも、ならない、というのが、私の意見です。

重い荷物を背負《せお》って、その荷物に耐えかねて坂道をのぼっている人が、宗教や信仰を得たときに、宗教はその荷物をおろしてあげて、軽くできるでしょうか。

それは絶対にできません。宗教は現実に対することばではないからです。道徳のことばでも、生産のことばでもないからです。だから背中の荷物が軽くなることはありません。

病気が治《なお》ったりもしません。気持ちが軽くなったことの結果として病状が好転することはあったとしても、病気そのものが治るということはありえない。

それなら、宗教にはどういう意味があるのか。

それは、重い荷物を背負い、もういやだと途中で投げだしたくなる、歩くのをやめて坐《すわ》りこみたくなる、あるいは、何もかも放りだして死にたくなる、こういう人間に対して、重い荷物を背負ったままで、歩き続ける力と希望を与えてくれるもの。それが宗教というものの力だと思います。

宗教のかたち

そんなふうに考えたとき、信仰の対象や宗派《しゅうは》について、その区別をあまり原理主義的に厳《きび》しくしないほうがいいのではないかという気持ちが、私のなかにはあります。

キリスト教では十字軍という歴史的事実が十一世紀から十三世紀にありました。十字軍は本来異教徒《いきょうと》に奪われた聖地を回復するという名目でしたが、簡単に言えば異教徒征伐《せいばつ》です。

自分の神を信じ、その神を信じていない者たちを敵とするという考えかたが、キリスト教の一部ではずいぶん長く続きました。

もともと宗教には、そういう性質があります。おのれの神を誇《ほこ》る。他の神を蔑《さげす》む。やがて、おのれの神しか神はなしという気風が生まれてくる。イデオロギーと党派の関係と似ているような気がします。

どうしてそうなるのか。

宗教は、ただあるものを感じるというだけではなくて、たくさんの人が一緒になってそれを信じるというところに、こころづよさと、意味があるからです。

しかし、たくさんの人間が集まって信じるということになってくると、そのなかに統制や組織が必要になってきますから、おのずと教団というのができてくる。そうすると全体の目的意識も明確にしなければならないし、経営も必要になってくるのです。

似た例は仏教にもあります。仏教には、「仏法僧《ぶっぽうそう》」ということばがあります。この三つのことを「三宝《さんぽう》」というのですが、仏とは「ほとけ」、そして「法」は真理、ほとけの教えです。

「仏法僧」ということばの三番目の僧というのは、日本ではお坊さんと解釈しがちですが、しかしじつは僧ではなくて「サンガ」というのがもともとの意味です。ひとつの信仰を持つ人たちの集まり、集団、グループのことです。

それを大事にして、乱すようなこと、破壊するようなことは、できるだけしないようにと。同じ信仰をともにする仲間の集まりを大切にしろというのが仏教の理念です。

徳川時代は、仏教が非常に堕落《だらく》した時代だといわれます。「寺請制度《てらうけ》」が幕府によってつくられ、寺が役所の役割も果たして、出生《しゅっしょう》や死亡の事実が過去帳《かこちょう》にきちんと記載される。寺に戸籍を持たないと無宿人《むしゅくにん》としての扱いを受けて、すべての権利が剝奪《はくだつ》されることになるわけです。

当時、寺から破門されるということは、この世から抹殺《まっさつ》されると同じぐらいの恐ろしいことだったにちがいありません。

結婚や旅行など、ありとあらゆるときに寺が証明書を発行することから、お寺の坊さんというのは代官《だいかん》に負けず威張《いば》っていたし、権力も持っていたのです。

そのため寺が信徒たちの上に君臨《くんりん》するという、異常な、歪《ゆが》んだ日本の制度ができてしまいました。そしてそれに対する憤懣《ふんまん》がひとつの背景となって、明治時代の廃仏毀釈《はいぶつきしゃく》の運動では、たくさんの寺が焼かれたり、仏像が壊されたりする結果となりました。

自然という生命

仏教には、出家《しゅっけ》という考えかたがあります。世を捨て、宗教家として生きること。そして一方に在家《ざいけ》といって、世間に普通《ふつう》に生きる人びとがいる。

出家修行者《しゅぎょうしゃ》は、修行して悟《さと》りを開くことに専念し、まったく物を生産しない。結婚もしないで、戒律《かいりつ》を守って一生を送ることになる。

世間の人たちは、自分たちの代わりに、あんなに素晴らしいことをやってくれている人がいるのだと感謝し、修行者に物や食事、お金をあげたりする。これが布施《ふせ》です。

布施をすることで恩恵にあずかるという考えかたです。一般の人の代表として、もっとも苦しいことをやってくれる人がいる。そうした役割分担をしていた時代があるのです。

出家仏教では、お坊さんが修行する。一般の人はお坊さんに喜捨《きしゃ》をする。喜捨というのは、カンパをするということです。お坊さんは生産をしない。生産をすることは、ある意味では罪業《ざいごう》をつくることとされました。清らかな生活をして、仏になるための修行をする。そして本来は結婚もしない。欲望を抑《おさ》える。普通の人のできないありとあらゆることを、その人たちが代わってしまいます。

そしてその人たちは仏になっていく。周《まわ》りの人たちは、そのご利益《りやく》の一端《いったん》を分かち与えていただくために、その人たちを支える。こういうかたちがずっと続いてきたのです。

しかしいまは、そういうふうに専業の宗教家に依存《いぞん》するのではなくて、宗教とは何か、ということを根底から一般の人間が考えなければいけないところにさしかかってきているような気がします。

日本の宗教の特徴として、神仏儒習合《しんぶつじゅしゅうごう》といって、神さまと仏さまが一緒にいる。キリスト教も混じってくる。七五三などの道教的な習俗《しゅうぞく》もはいっており、儒教《じゅきょう》もはいっている。これは世界の良識からいうと、遅れた宗教観とされてきました。シンクレティズム（諸教混淆《こんこう》）ともいいます。

近代は宗教の形態を完成させていく時代となりました。そのため日本のように複数の宗教が混在している状況は、原初的な、混沌《こんとん》とした、野蛮《やばん》な宗教であるというふうに、世界からずっと見られてきました。日本人はそのことをこころのなかではいつも不安に思っていたように見えます。

もうひとつ、近代というものが蔑視《べっし》したのはアニミズム（精霊《せいれい》、霊魂《れいこん》、自然崇《すう》拝《はい》）です。未開社会ほどアニミズムが発達しているとされ、とくにキリスト教的文明観が世界のグローバル・スタンダードになってくると、アニミズムを非常に軽蔑《けいべつ》しました。

軍事的・経済的・社会的に劣った状況に置かれている人びとの文化であると。

しかし、私は、現代にとってこそ逆に意味を持つものなのではないかという気がして仕方がありません。

たとえば、環境問題は、これまでのヨーロッパ的な、キリスト教的文明観では解決できないのではないでしょうか。

欧米の人たちの考えかたの伝統のなかには人間中心主義というものがあります。この宇宙のなかで、あるいは地球上で、人間が神に次ぐ第一の主人公であるという考えかたです。

これはルネサンス以来の人間中心主義の思想の根底にあるものですが、主人公の人間の生活に奉仕するものとして他の動物があり、植物があり、鉱物があり、資源がある。水もあり、空気もあると、考えるわけです。

そうした考えのなかから生まれる環境問題の発想というのは、やはり人間中心です。つまり、われわれはあまりにも大事な資源をむちゃくちゃに使いすぎてきた。これ以上、水や空気を汚《よご》し樹《き》を伐り自然環境を破壊すると、最終的にいちばん大事な人間の生活まで脅《おびや》かすことになってしまう。だからわれわれは、もっとそうしたものを大切にしなければいけない。――これがヨーロッパ流の環境主義の根源にある発想だと思います。

あくまでも主役は人間である。その人間の生活の豊かさを保障するために、限られた自然を大切にしようという考えかたです。

動物も家畜も、畑も野も山も全部、人間のために奉仕するもの、人間の社会を豊かにするために存在するものとして扱うことが善であるという基本的な考えかたが、その根底にあるようです。

これに対し、アジアの思想の基本には、すべてのもののなかに尊い生命があると考えます。

「山川草木悉有仏性《さんせんそうもくしつうぶつしょう》」という仏教のことばがあります。山も川も草も木も、動物もけものも虫も、すべて仏性《ぶっしょう》、つまり尊いものを持っている、生命を持っているんだ、という考えかたです。

そうした考えかたから出ている環境意識とは、川にも命がある、海にも命がある、森にも命がある、人間にも命がある。だからともに命のあるもの同士として、片方が片方を搾取《さくしゅ》したり、片方が片方を酷使《こくし》するというような関係は間違っているのではないか、もっと謙虚に向きあうべきではなかろうか、というものです。こういう考えかたのほうが、新しい時代の環境問題には可能性があると私は思うのです。

つまり「アニミズム」ということばで軽蔑されてきた、自然のなかに生命があるという考えかたこそは、遅れた考えかたどころか、むしろ二十一世紀の新しい可能性を示す考えかたなのではないでしょうか。

狂牛病の問題で、あるフランスの哲学者《てつがくしゃ》が、人間のために家畜をありとあらゆる残酷なしかたで酷使してきたツケが回ってきたのだと言っていました。人間のために生産力を高めようとして肉骨粉《にくこっぷん》を与え、共食いをさせた。そうした人間の業《ごう》というものがいま、報《むく》いを受けているのだ、と。狂牛病の問題だけではなく、すべてに関して人間中心主義というものがいま、根底から問われていると思います。

先日、分子生物学の専門家と話をしました。彼によれば、科学が解明した大きな点は、人間もゴキブリも、あるいはバッタもチョウチョウも、あるいはタンポポも、すべてのものに遺伝子《いでんし》、ゲノムの構造が共通してあるということ。それが二十世紀の後半になってはっきりしてきた。それはすごく重大なことで、結局、みんな命があるということが科学によって明らかにされた、と。

みんな命があって、その命の構造が人間もゴキブリも変わらない。それが解明されたのが大発見だという。しかし、それは、もう二千年前に仏教が「山川草木悉有仏性《しつうぶつしょう》」と言っていることとどう違うのでしょうか。

で、私がそう言ったら、「いや、それは直感的にそういうふうに説《と》かれてきましたが、それが証明されたということですから、やっぱり科学は偉大でしょう」と笑って答えられました。

森にも命があると昔の人は考えた。そこで、樹《き》に注連縄《しめなわ》を張るとか、巨木を大切にした。またチベットではチョモランマをはじめほとんどの山が聖なる山とされています。なかでもカイラス山（チベット名はカン・リンポチェ）は、大切な巡礼地とされ、五体投地《ごたいとうち》をしながら、尺取《しゃくと》り虫のようにその山の周囲をへめぐり、巡拝《じゅんぱい》する人たちもいる。それはその山に神秘な力があり、山に生命があり、聖なる山だという観念があるからです。

山に聖なるものが宿っているというこの考えかたは、西欧の文明人のなかに失われているものであり、日本でも失われつつあります。

ヨーロッパではアルピニズムといって、登山という行為《こうい》は自然を人間が征服するという証明のひとつの手段でした。

人間の力はいかに偉大であるか。あれほど峻険《しゅんけん》な山であっても、人間が知能と肉体の限りを尽くして頑張れば征服できるのだと。そして頂上に登り、国旗を立てる。大自然をついに征服したという証明です。

アルピニズムが、人間の力を世界に示すための、ひとつのデモンストレーションの手段だった時代がありました。

しかし日本ではどうでしょうか。かつての富士登山というのは、皆《みんな》片手に杖《つえ》をついて、白装束《しろしょうぞく》を身にまとい、ロッコンショウジョウ、六根清浄ととなえながら登る。それは「お山」に詣《もう》でることによって山の霊気を自分のなかに吸収し、そして自分の生命をリフレッシュする、つまり聖なるお山に帰依《きえ》するという行為だったのです。

日本では元来登山というのは大体そうでしょう。立山《たてやま》でも、日本アルプスでも最初は行者《ぎょうじゃ》が登っています。

ところが近代の西洋流の登山というのは、日本隊でも「前進キャンプ」とか「第三次アタック」というようなことばを使います。まるで山に対して戦争を仕掛けているかのようです。そうした近代の自然観そのものがいま大きな転換期にさしかかって、問われているのではないでしょうか。

あまりにも有名な説ですが、サミュエル・P・ハンチントンは、二十一世紀は民族と宗教の対立が新たな衝突を生むであろう、と著書で述べています。

たしかに西欧ではこれまでも宗教間の対立から、お互いに血で血を洗うような衝突が続いてきたのですが、日本人は、例外的に、他の宗教に対し寛容《かんよう》であると見なされてきました。

寛容というより、どこかイージーで、いい加減《かげん》である、と。これは近代的な文明観からの批判でもあります。

ひとつの家のなかに仏壇があって、神棚《かみだな》があって、クリスマスもやる。それは、とんでもない未開の宗教観を持った国民だというふうに、近代の欧米の意識からは見なされてきた。

そういう眼鏡《めがね》で見ると、まさにそのようにも見えてきて、われわれ自身もじつは内心、コンプレックスを抱いてきたのではないかと思います。

かつて小渕《おぶち》首相が、これまでは日の出に向かって柏手《かしわで》を打っていたけれども、総理大臣になったから、そういうことはやめなくちゃなと冗談のように言っていましたが、やめる必要などなかったというのが、私の意見です。

朝日の昇るのを見て、おのずとそこで柏手を打つ、そういう漁師がいたとしてもなんの不思議《ふしぎ》もないし、夕日の沈むのを見てクワをおろして、それに対して合《がっ》掌《しょう》するという、そういう農夫がいてどこがおかしいのか。われわれはそうした自分を超《こ》えたものに対して持っている感謝、あるいは畏敬《いけい》の念というものを、ますます大事にしていかなければならないのではないでしょうか。

日本人の特異性

二十世紀までの人間の近代というものは、傲慢《ごうまん》さというものがひとつの特徴だったと思います。

自信と傲慢さ。科学に対する過信、技術に対する過信。そういうものを駆使《くし》する人間としての過信が傲慢さを生み、自力ですべてが解決できると考えました。しかし人間は、戦争ひとつとってみても、これだけ戦争反対の声が高いのに、世紀が進むにつれてかえって戦争は増《ふ》えています。戦争で殺される人間の数は飛《ひ》躍《やく》的に、天文学的に増えている。

第一次世界大戦の死者、第二次世界大戦の死者。そして戦後の冷戦構造や、冷戦の解消したあとも各地で起きている内紛《ないふん》の数の多さを考えると、他の動物、生物のなかで人間だけが、共食いというか、同族を無制限に殺すという行為をくり返してやむことがない。

それをもたらした十九世紀、二十世紀の人間の歴史に対して、本当に忸怩《じくじ》たる思いを持たざるをえません。非常な不安と恐怖を抱かなければいけない気がします。

戦争反対とかヒューマニズムとかを掲《かか》げながら、その片手でたくさんの人間を次から次へと殺す。年々殺害のテクノロジーを進歩させている。これはやっぱりおかしいと根底から思わなければいけない。

人間はおかしい。なぜ文明が進むにつれて戦争が増え、文明が進むにつれて戦争によって殺される人が多くなるのか。こんなばかなことないじゃないか。この文明は根底から間違っているんじゃないかと。

近代というものは、たしかに、ひとつの夜明けでしたが、その近代が、傲慢な現代になってしまって、大混乱が起きている。そのなかで今度は、前近代的なものとされていたものとか、未開社会のものとされていたものとか、後進的といわれていたものに対して、もう一ぺんふり返ってみる必要がありはしないだろうか、と思います。

日本人の持っている宗教観のあいまいさというものがじつは大事なことなのではないか、とふと考えるのです。それを単なるあいまいさと見ないで、寛容という見かたに立って見たほうがいいのではないか。

これまで近代の医学のなかで、免疫《めんえき》とか公衆衛生という分野は、どちらかというと医のヒエラルヒーでは辺境のほうだったらしい。心臓や脳など、そういう大事な器官を扱う分野にくらべると、かなり下位に属するジャンルでした。ところが、二十世紀の後半になって、がぜん免疫学や公衆衛生学が脚光《きやっこう》を浴びるようになってきた。

そしていまや免疫は人間のアイデンティティを決定する重要な働きなのだ、とまでいわれています。

免疫というものが、従来は単純に「拒絶《きょぜつ》」のシステムと考えられていたのです。「拒絶反応」ということばがあります。外部から侵入してくる異物《いぶつ》に対して起こす拒絶の「ノー」ということばだけが免疫であると考えられていました。しかし現在は、「イエス」という働きが免疫にはあるのだということのほうに大きな関心が寄せられているといいます。

免疫の働きには、自分と違うものに対して「ノー」と言う一方で、自分と違うものを「イエス」と言って受け入れることもある。つまり、異化《いか》作用もあれば同化作用もあるということです。

たとえば、妊婦というものは赤ん坊を胎内《たいない》に宿している。胎内に宿っている赤ん坊は、遺伝子的には母親とも父親とも違う。親に対して、これは異分子《いぶんし》なのです。

にもかかわらず、免疫の拒絶作用が発揮《はっき》されない。そこでは、「寛容《トレランス》」という働きが発揮されて、胎児を否定せず、胎児を殺さない、拒絶しない。

宗教も、これまで「イエス」と言う部分を抑えて、他の異端《いたん》に対してただ「ノー」と言うことが非常に強かったという気がします。

日本人の宗教観は、「イエス」と「ノー」があいまいである。これが近代的視点からは恥ずかしいことだというふうにいわれてきた。またアニミズムというものも後進性の象徴《しょうちょう》のようにいわれてきました。

しかし、われわれが二十一世紀を対立と衝突の時代とならないようにしようとするならば、原理主義的な宗教の「ノー」と言う部分ではなく、「イエス」と言う部分をどれほどひろげていくか、そして、自然のあらゆるものに生命が宿っているというアニミズムのような考えかたを、どれほど大切に、もう一ぺん取りあげて考えるかという問題が、大きなテーマとなるところにさしかかっているような気がします。

難しい理屈《りくつ》ではありません。「神も仏もどちらも」ということは、本当は悪くないものだということなのです。

それは日本の仏教でもそうです。それぞれの宗派が、おのれが正しいと考えるため、他宗をなかなか認めない。しかし、そのなかで、選択的な一神教として、日本では稀《まれ》なる一神教的性格を持つ浄土真宗《じょうどしんしゅう》でさえ、蓮如《れんにょ》は「諸神諸仏諸菩薩《しょしんしょぶっしょぼさつ》を軽《かろ》んずべからず」というふうにくり返し言っている。

このことは、自分たちが一筋《ひとすじ》に、教義にあるように阿弥陀如来《あみだにょらい》をただ一筋に信じることはかまわないが、他の人に強制したり、それを信じない人を異端として攻撃してはいけないとちゃんと言っているのだと思います。「諸神諸仏諸菩薩」ということばは、たくさんの神や仏や菩薩《ぼさつ》がこの世に存在しているということを肯定している見かたです。

そこのところに、私は非常に大きな可能性があるような気がするのです。ほかにも、これまで日本人の後進性といわれたもののなかに、二十一世紀に大きな可能性となるようなものを見出《みいだ》すことができるかもしれないと思います。

われわれはふつう、漢字かな交《ま》じり文を使って文章を書いています。新聞もそうです。テレビのテロップも、日本国憲法もそうです。仏教の書物も宗教の書物も、聖書も、そういうふうに日本語では書かれている。

漢字というチャイニーズと、ひらがなというジャパニーズ、そのなかにはカタカナとか、アラビア数字とか、あるいは英語さえもいまは交じっている。そういう多様なものをミックスさせて、習合《しゅうごう》しながら、自由自在に使いこなして美しい日本語をつくりあげている。

こういう国民性は、じつに興味ぶかい。これほど融通無碍《ゆうずうむげ》に、そういうものを使い続けて生活している国民はほかにないのではないか。

また、われわれは西欧の近代文明と日本の伝統的な文明というものも自由に駆使してきました。お箸《はし》を使ってステーキを食べたりするということを、さほど不自然でなくやっています。日常生活でも、靴《くつ》を脱いで畳の上にあがる、あるいは洋食と和食を混ぜあわせて食べる、中華料理を食べる、イタリアンレストランに行く、いろんな文化を自然にミックスさせて生活している。

そういう日本人の特異《とくい》な感覚を、ただ遅れた後進性としてとらえるのではなく、二十一世紀につながる可能性として考えることはできないだろうか、と考えているのです。

宗教的感覚

宗教というのは、宗派が重要なのではない。宗教的感覚というもの、つまり、目に見えない世界も在《あ》るということ、ふたつの世界があるということが、世界にとってすごく大事なことだし、人間にとって大事なことのような気がするのです。

昔、日本では「天罰《てんばつ》がくだる」と、誰もが言いました。現実の世界では、悪業《あくごう》を重ねても、その人が力を持っていれば処刑されずにすむかもしれない。しかし、天はそれを許さない、という感覚です。

もうひとつの見えない世界があるという感覚。現実の世界では罪を免《まぬが》れても、天はそれを許さないよ、罰《ばち》があたるよ、おてんとうさまはちゃんと見てるよ、こうした言いかたで、見えない世界の力の実在性というものを、日本の庶民たちは、いつもどこかに感じながら生きてきたのです。

この目に見えない世界を実感することが、じつは宗教というものの出発点であろうと思います。

われわれはもう一ぺん、原点にもどって考えたほうがいいのではないか。

目に見える世界、目に見えない世界、この世にはそのふたつの世界がある。そしてこれから先は、目に見えることば、目に見えないことば、その両方がわかるような人間でありたいと思うのです。

目に見えないことばの大切さ。役に立たないことばの大切さ。ときには社会に対して逆の発想を示すようなことばの偉大さ。こういうものをちゃんと理解することが、豊かでいきいきした人間生活をつくっていく宗教のことばであるような気がして仕方がありません。

宗教的感覚、目に見えない世界への畏敬の念があれば、誰も見ていないから何をやってもいいということにはならないでしょう。こういうことをしたら天が許さないという感覚がどこかにあること。誰かが見ていると感じること。そういうことが非常に大切だと思います。

そしてそれは日本人の感覚のなかに、庶民の感覚のなかに、ずっと長く生き続けてきたものでした。

それを西欧のものさしではなくて、もっと根源的なものさしで測《はか》ってみる必要があるのではないか。そんなことをいま、考えているのです。

あとがきにかえて

幸福な人生とは、一体《いったい》どういうものだろうか。人によって考えかたは、さまざまだろう。しかし、いま私がつくづく思うのは、人生の最後の幕を安らかに引くことが、どれほど大事かということである。

終わりよければすべてよし、とは昔からくり返し言われてきたことである。目新しいところもなく、つきなみな格言のように受けとられても仕方があるまい。しかし、古くから言い伝えられ、生き続けてきた諺《ことわざ》やたとえなどの真実味を、ときどき身にしみて感じることが少なくないのだ。

人生の終わり、とは、とりあえず死、ということだろう。それが終わりだとは考えないのが宗教だが、とりあえずこの世の終わりと考えてよい。

いまの時代は、「いかに生きるか」を皆《みんな》が真剣に考えている時代である。しかし昔人間は自然に生き、自然に死んでいった。生と死についてあれこれ考えるのは、哲学者《てつがくしゃ》や宗教家の仕事だったのである。

幸か不幸か、現代ではほとんどすべての人が、自分の人生について意識的に考えようとする。いかに生きるかとは、老後の生活の安定や、健康の維持《いじ》などの問題であるとともに、価値ある人生を送りたい、幸せに生きたいという精神的目標でもあるのだ。

世を去るときに、自分の一生をふり返って、満足感を味わうことのできる人は、そう多くはあるまいと思う。しかし、いかに悔いの多い人生であろうとも、落ち着いて安らかに死を迎えることができた人こそ、人生の真の成功者といえるのではあるまいか。

老いや病《やまい》による肉体的な苦痛はあって当然だ。死んでいくにも大きなエネルギーが必要なのである。しかし、それでもなお自己の死をちゃんと肯定《こうてい》し、憩《いこ》いの場所へおもむく安心感にみたされて世を去ることができたなら、それは幸福な一生と言っていいだろう。

幸せな生きかたを求めるならば、どうしても幸せな死にかたを探《さが》さなければならない。そのために大事なことは、常に「死」ということを考え、死のイメージと慣れ親《した》しんでいる必要がある。死をいやなもの、恐ろしいものとして拒否するのではなく、誕生と同じように、ひとつの新しい旅のはじまりとして想像することが望ましいのだ。

小学生のころ、夏休みがとても待ちどおしかった。それと同じように、一学期が終わって夏休みがはじまるように、死を迎えられないものだろうか。

死と親しむ、死の観念を抱《いだ》いて生きる。そのことを自然にできるような生きかたは、ないものだろうか。

出産を迎えた妊婦が、赤ん坊を産むイメージを思い描きながら、さまざまに出産のためのトレーニングをするのはよく見かけることだ。

それと同じように、日常、穏《おだ》やかな気持ちで死のイメージトレーニングをするのはどうだろう。いわば想像力のなかでの死の練習である。

私はある年齢を過ぎたときから、朝、目をさますときに、この世にたったいま誕生したのだ、と考えるようにしてきた。そして、夜、眠りにつくときは、これで自分の一生は終わったのだ、いまから死へ旅立つのだ、と思うようになった。きょう一日の命をありがとうございます、と、天に感謝するのである。そして、こころのなかで「ナームアミータ」とつぶやく。その気持ちは、「天命に帰依《きえ》します」という感覚である。

この本のなかで、私はくり返し「感じる」「感覚」ということばをもちいている。「天命」とはどういうものか、という分析や考証もほとんどしなかった。生きた魚をまな板の上でさばいたり、刺身《さしみ》にしたりするのではなく、その激しく跳《は》ねる生きた感じを両手で受けとめることだけを考えたのである。分析したときに直観《ちょっかん》は思考になる。天命、という文字を目にした瞬間、なにかビビッとこころに感じるものがあるかどうかなのだ。いま、その感覚がなかったとしても、天命ということばを頭の隅《すみ》にとどめておけば、人生のどの地点かでかならずつよい力でよみがえってくるにちがいない。

この本は天命について考えた本ではない。いわば私の体験記である。ことばではあらわせないものをことばで語ろうとするもどかしさは、この文章のいたるところに見られるだろう。読者のみなさんに、そのことを謝《あやま》るとともに、少なくとも自分は本当のことを正直に語ったつもりであることも、お伝えしておきたい。

最後に、著者を励《はげ》まし、内容にまで踏みこんで刊行にいたる全過程を見守ってくれた東京書籍の編集者、小島岳彦氏と、ブックデザインを引き受けてくださった三村淳氏にこころからお礼を申し上げたいと思う。

横浜にて　　五木寛之

解　説――信ずべき直観

玄侑宗久

今回の本も、ゆったりした五木さんの呼吸を感じながら一気に読んでしまった。五木さんとは、これまで四度ほど対談させていただいたが、そのたびに何冊かの御著書を拝読してつくづく思うのは、どうしてこういつも、タイトルが秀逸で、時代に切り込んでくる力を持っているのだろう、ということだった。

『他力』も『大河の一滴』も、そしてこの『天命』も、現代という時代の流れに深い懐疑を抱きながら、しかも進むべき道を明確に提示しているように思う。そしてよくよくこれらのタイトルを眺めていると、すべてが結局は一つの大きく太い流れになっていくのである。

単行本の「あとがき」で、五木さんは「この本は天命について考えた本ではない」と書いている。じゃあ何についてなのかと思う向きもあるかもしれないが、そういうことではなく、五木さんは「考え」ではなくて「いわば私の体験記」を書いたと云うのである。「分析したときに直観は思考になる」から、あえて思考ではなく、体験から滲《にじ》み出る直観で感じた天命について綴《つづ》られたのである。

読みだすと、すぐにこの本の主題が「死」なのだということはわかる。五木さんは、あくまでも「自分の死」というものについて、体験的に述べていく。重層的に幾つもの変奏が重ねられ、鋭い時代批評も加わりながらその全体は見事なフーガになっていく。結果として「天命を生きる」という大きな主張が立ち上がってくる仕組みである。

天命という言葉は、儒教《じゅきょう》といわず老荘《ろうそう》といわず、およそ中国思想の全体を貫く言葉と云えるだろう。あくまでも人格的な力ではないが、この宇宙すべてにはたらく力への共通の呼び名と思っていい。

孔子《こうし》はそれを自らの人生に引きつけ、五十にして天命を知る、つまり「知命」と捉《とら》えた。むろんこれは、三十で立てた志に四十でも惑わず、そのまま順調に生きれば、この生き方こそが天命であったのだと肯定できるということだ。

この考え方を進めれば、至誠通天、つまり誠を尽くせば天に通じるということにもなる。

しかし老子《ろうし》は、天はそんな甘いものじゃないと考えた。「天地に仁《じん》なし」、つまりどんなに素晴らしい生き方をしたとて、天や地が温情でそれに報いることなどないと云うのである。

五木さんは、戦後の引き揚げ体験などを通して、天の非情さを充分に痛感されている。やはり孔子よりは老子の云う天のイメージに近いのだろう。しかしもっと云えば、荘子《そうし》は「在宥篇《ざいゆうへん》」で、天が非情なものであることは前提にしたうえで、天地の在り方に人間の喜怒哀楽が関与しうることを指摘している。喜びは天の陽気を増加させ、怒りは地の陰気を助長する。そうした喜怒の感情が激しすぎると、四季の移ろいにも影響し、寒暑のほどよさも失われ、ひいては人間のからだをも傷つけることになると云う。最近の異常気象を見ていると、誰しも人間のほうの異常を感じるのではないだろうか。だからこそ荘子は、在宥つまり自然に任せ、恬淡無為《てんたんむい》であれ、自然のままに放任（天放）せよと説く。

五木さんは天命について、「すすんでそれを肯定する。認めて参加する感覚がありますす」と書いているが、その参加ぶりの用心深さを見ていると、やはり荘子の思想に最も親しい気がする。

しかしこんな分析は、荘子ももとより嫌いだし五木さんも嫌いなはずである。

ときには非情とも思える天命を生きるとき、人間には宗教が必要だろうと五木さんは説く。宗教については、この本のさまざまな場所で文脈に応じて深い規定がなされているが、私には暗い夜道を照らす月の光、また遠くに見える人家の明かり、という譬喩《ひゆ》がとても好ましく印象深かった。

宗教を信じても、担いでいる荷物が軽くなるわけでもないし、道程が短縮されるわけでもない。しかしそこに射し込む月の光や遥かな人家の明かりは、変わらぬ苦しさのなかでも歩くエネルギーを湧《わ》き出させ、勇気と生きるよろこびさえ与えてくれると云うのである。

またもう一つ、忘れられない叙述を引いておこう。

「天地のなかには、目に見えない世界があるのだということを、（人は）感覚として予感して」おり、「その信仰的原形質にかたちを与えてゆくのが宗教なのでしょう」。そうおっしゃっている。

五木さんは以前からアニミズムやシンクレティズムのむしろ素晴らしさを書きつづけており、私もそれに全く賛同するのだが、この本にもそれは二十一世紀を牽引《けんいん》すべき宗教形態、あるいは模範的寛容さとして紹介されている。

日本人の信仰に与えられた原初のかたちは「やほよろづ（八百万）」だが、これがどれほど深くその後の宗教受容を規定しているかを私は最近痛感している。

なにより六世紀半ば、初めて百済《くだら》から贈られた金銅の釈迦《しゃか》仏《ぶつ》を目にした日本人は、「国つ神が怒るだろう」という物部尾輿《もののべのおこし》の意見はあったものの、「外国の人々がそんなに大事にしてるなら粗末にしてはいけない」という蘇我稲目《そがのいなめ》や欽明《きんめい》天皇の意見で最終的にはそれを受け容《い》れる。しかも彼らは、あたかも自分たちの馴染《なじ》んだ神の一種であるかのように、仏像や仏を「蕃神《となりのくにのかみ》」と表現するのである。

八百万が一つ増えても、いや二十や三十増えても大勢には影響ない。

またキリスト教の場合も、GODという言葉の意味合いからすれば、昔ながらの「天主さま」という訳がたぶん正しいのだろう。しかしそう呼んでいるうちはなにかと軋轢《あつれき》が絶えなかった。踏み絵を迫られ、隠れて信じるしかなかった時代もある。ところが日本のキリスト者たちは、おそらく無意識に「神さま」と呼びはじめ、いや、本当は彼らがそう呼んだのではなく、周囲がそう呼ぶのを承認したのだろうが、ともかくまるで八百万の神々の一種のように呼ばれることでキリスト教の神も日本社会に溶け込んでいったのではないか。正式にその呼び名を承認したのは一九五九年と信じられないほど最近のことだが、じつはそれは永年かけて大地に染み込む雨水のように、浸透していたのではないか。

仏教でもキリスト教でも、一旦この大地に染み込んでから湧き出せば、それは紛れもなくこの国の水として飲まれたのである。

自らの引き揚げ体験にナチスの強制収容所のことが重ねられ、またそのうえで親鸞の「悪人正機説」や仏教的慈悲、大悲についての思考も重ねられていく。

いや、やはりそれも、思考ではなく深い直観と云うべきなのだろう。

五木さんは自らも晩年にあること、林住期からもしかしたら遊行期に移行しつつあることを意識しながら、釈尊《しゃくそん》の「最後の旅」を見据える。そしてブッダの最後の肯定的言葉が、それまでの人生を振り返って述べられたのではないと言い切るのだ。そうではなく、「いま死に瀕《ひん》しながら生きていること、そのときに見えるものが、圧倒的に素晴らしいという認識のありかた」なのだとおっしゃる。確信に満ちたその言葉は、まさしく我々の暗い行路を照らす彼方の月光、温かき灯火ではないか。おそらくそれも五木さんの直観、予感、いやもしかしたらそれは宗教的意志のようなものであるのかもしれない。いずれにせよ我々は、そこに浄土を考える重要なヒントを見出す。

「死を受容するという行為も、生きるという生命の意志、本能がなせる行為なのではないか」とおっしゃる五木さんは、たぶん今後もますます旺盛《おうせい》な活動を我々に示してくださることだろう。仄聞《そくぶん》するところでは、この秋から「親鸞」を新聞連載で書かれると云う。

他力の風が吹き、天命と感じなければ書かないとおっしゃっていた五木さんがそれを書くと云うのだから、まったく目が離せない。

天命にしたがう、というより、天命によって生きるという感覚なのだと五木さんはおっしゃる。またそれは出会うものであって、さがし求めるものではない、ともおっしゃる。

禅的に云えばそれは五木さんが生きることによってどんどん天命になっていくのだろう。出会い、確信し、そうして生きることで天命さえ天命らしくなっていくはずである。

しかしつくづく禅も浄土もないのだと思う。

この本には、そのような分類を要しない信ずべき直観が溢《あふ》れている。

思えばどんな宗教における行《ぎょう》も、そのような直観を磨く行為だったはずである。五木さんはたぶん、書くことと歩くこと、いや、歩きながら書くことでそのような直観を獲得されたのだと思う。

――作家

この作品は二〇〇五年九月東京書籍より刊行されたものです。

幻冬舎文庫

●最新刊
林住期
五木寛之

女も旅立ち男も旅立つ林住期。古代インドの思想から、50歳以降を人生のピークとする生き方を説く、全く新しい革命的人生のすすめ。世代を超えて反響を呼んだベストセラー。

●最新刊
こころのサプリ
みみずくの夜《ヨル》メールⅡ
五木寛之

年をとるごとに面白いことは増えていく。朝日新聞連載中、圧倒的好評を博した〃みみずくの夜メール〃、笑って感動して涙するユーモアあふれる待望のシリーズ文庫第2弾。

●最新刊
あたまのサプリ
みみずくの夜《ヨル》メールⅢ
五木寛之

「私からの個人的なメールのつもりで読んでいただきたいと思う」。朝日新聞の人気連載〃みみずくの夜メール〃、あたまとこころをほぐす、いつでも読めてどこからでも読めるシリーズ第3弾。

●最新刊
からだのサプリ
「こころ・と・からだ」改訂新版
五木寛之

気持ちよく生き、気持ちよく死ぬことはできるのだろうか？　「からだの声をきく」ことを長年実践してきた著者がわかりやすく綴った、究極の健康哲学。

●好評既刊
みみずくの散歩
五木寛之

笑いを忘れた人、今の時代が気に入らない人、〈死〉が怖い人へ……。日経新聞連載中、圧倒的好評を博したユーモアとペーソスあふれる、五木エッセイの総決算。

幻冬舎文庫

●好評既刊
みみずくの宙返り
五木寛之

ふっと心が軽くなる。ひとりで旅してみたくなる。ロングセラー『みみずくの散歩』に続く人気エッセイ、シリーズ第2弾。旅、食、本をめぐる、疲れた頭をほぐす全20編。

●好評既刊
若き友よ
五木寛之

人はみなそれぞれに生きる。それぞれの希望と、それぞれの風に吹かれて。五木寛之から友へ、旅先での思いを込めて書かれた、28通の手紙集。「友よ、君はどう生きるか？」

●好評既刊
大河の一滴
五木寛之

「いまこそ人生は苦しみと絶望の連続だと、あきらめることからはじめよう」。この一冊をひもとくことで、すべての読者に生きる希望がわいてくる、総計300万部の大ロングセラー。

●好評既刊
人生の目的
五木寛之

雨にも負け、風にも負け、それでもなお生き続ける目的は？　すべての人々の心にわだかまる究極の問いを、真摯にわかりやすく語る著者の、平成の名著『大河の一滴』につづく、人生再発見の書。

●好評既刊
運命の足音
五木寛之

戦後57年、胸に封印してきた悲痛な記憶。生まれた場所と時代、あたえられた「運命」によって背負ってきたものは何か。驚愕の真実から、やがて静かな感動と勇気が心を満たす衝撃の告白的人間論。

幻冬舎文庫

●好評既刊
夜明けを待ちながら
五木寛之

将来や人間関係、自殺の問題、老いや病苦への不安……読者の手紙にこたえるかたちで書かれた、人生相談形式のエッセイ。生の意味について考えを巡らす人たちへおくる明日への羅針盤。

●好評既刊
下北サンデーズ
石田衣良

弱小劇団「下北サンデーズ」の門を叩いた里中ゆいか。情熱的かつ変態的な世界に圧倒されつつも、女優としての才能を開花させていく。舞台に夢を懸け奮闘する男女を描く青春グラフィティ！

●好評既刊
合併人事
二十九歳の憂鬱
江上　剛

ミズナミ銀行に勤める日未子は三十歳を前に揺れていた。仕事も恋も中途半端な自分。一方、社内では男たちが泥沼の権力闘争を繰り広げる。そして起きた悲劇とは？　組織の闇を描いた企業小説。

●好評既刊
ララピポ
奥田英朗

みんな、しあわせなのだろうか。「考えるだけ無駄か。どの道人生は続いていくのだ。明日も、あさっても」。格差社会をも笑い飛ばすダメ人間たちの日常を活写する、悲喜交々の傑作群像長篇。

●好評既刊
陰日向に咲く
劇団ひとり

ホームレスを夢見る会社員。売れないアイドルを一途に応援する青年など、陽のあたらない場所を歩く人々の人生をユーモア溢れる筆致で描き、高い評価を獲得した感動の小説デヴュー作。

天命《てんめい》

五木《いつき》寛之《ひろゆき》

平成20年9月20日　初版発行

発行者――見城　徹

発行所――株式会社幻冬舎

〒151-0051東京都渋谷区千駄ヶ谷4-9-7

電話　03(5411)6222(営業)

03(5411)6211(編集)

振替00120-8-767643

印刷・製本―中央精版印刷株式会社

装丁者――高橋雅之

幻冬舎文庫

ISBN978-4-344-41191-3　C0195　い-5-13